Daniel Kowalsky

Käpten Sturm

Die geheimnisvollen Logbücher

SCM

Stiftung Christliche Medien

SCM ist ein Imprint der SCM Verlagsgruppe, die zur Stiftung Christliche Medien gehört, einer gemeinnützigen Stiftung, die sich für die Förderung und Verbreitung christlicher Bücher, Zeitschriften, Filme und Musik einsetzt.

MIX
Papier | Fördert gute Waldnutzung
FSC® C014496
FSC www.fsc.org

3. Auflage 2025

Max-Eyth-Straße 41 | 71088 Holzgerlingen
Internet: www.scm-verlag.de; E-Mail: info@scm-verlag.de

Umschlaggestaltung: Sybille Koschera, Stuttgart
Titelbild und Illustrationen: Elke Broska, Wiesbaden
Satz: Katrin Schäder, Velbert
Lektorat: Damaris Müller
Druck und Verarbeitung: GGP Media GmbH, Pößneck
Gedruckt in Deutschland
ISBN 978-3-417-28914-5
Bestell-Nr. 228.914

DANIEL KOWALSKY
ELKE BROSKA (ILLUSTRATION)

KÄPTEN STURM

DIE GEHEIMNISVOLLEN LOGBÜCHER

SCM

Inhalt

Lenny
11 Jahre alt
Ruhiger als seine Schwester Anne
Er kann sehr schnell rennen
und weit springen, aber ganz
schlecht Bälle werfen.

Anne
8 Jahre alt
Lieblingsfach: Deutsch
Hassfach: Mathe
Obwohl sie oft mit ihrem
Bruder Lenny streitet,
hält sie immer zu ihm,
wenn es drauf ankommt.

Wilbert Boynen Sturm
Kapitän der Esmeralda
21 Jahre alt
Beste Freunde:
Seebär und Brummel

Safira Alminetti
11 Jahre alt
Artistin
Sie hasst es, das Schiffsdeck zu schrubben.

VORGESCHICHTE: AUF DER PIRATENINSEL

Zur Zeit der Seefahrer und Piraten

Die elfjährige Safira schaute aus dem Fenster der Hütte, in die sie eingesperrt war. Es war schon lange dunkel und gleich Mitternacht. Aber Safira konnte alles gut erkennen, denn der Mond schien durch eine dünne Schleierwolke vom Himmel herab.

Dort draußen saßen sie, etwa ein Dutzend Piraten, an ihrem Lagerfeuer. Wie jeden Abend tranken sie unglaublich viel Rum, bis sie völlig betrunken waren und beinahe umkippten.

Ein Schauder lief Safira den Rücken hinunter. Schnell wandte sie sich ab und blickte auf die staubige Strohmatratze, die in einer Ecke des kleinen Kerkers lag. Wie gerne würde sie sich jetzt einfach hinlegen und schlafen. Sie war so müde und kaputt.

Aber sie durfte nicht schlafen, noch nicht. Nein, das würden die Piraten niemals zulassen. Denn um Punkt Mitternacht war es wieder so weit: Da musste sie auf einer kleinen Bühne Kunststücke vorführen, ob sie nun wollte oder nicht.

Safira Alminetti war nämlich eine sehr begabte Zirkus-Artistin. Sie war so gelenkig, dass sie sich durch die engsten Spalten und Gänge zwängen konnte. Außerdem konnte sie wie kein anderer klettern und balancieren. Auch mehrere Saltos hintereinander waren für sie eine Kleinigkeit.

Die Piraten wussten das und verlangten von ihr, immer schwierigere und gefährlichere Kunststücke vorzuführen. Und wenn einer von ihnen nicht ganz zufrieden war, warf er faule Eier oder überreife Tomaten nach ihr, wie das bei Piraten so üblich war.

Hatte nicht erst gestern der Piratenkapitän sogar ein Messer nach ihr geworfen, nur weil sie einen Salto nicht richtig hinbekommen hatte? Glücklicherweise hatte sie dem Messer gerade noch so ausweichen können.

Safira hatte Angst. In wenigen Minuten würde der einäugige Pirat kommen und sie auf die kleine Holzbühne bringen ...

Plötzlich hörte sie, wie der Riegel der Kerkertür zur Seite geschoben wurde. Der einäugige Pirat stapfte herein und brüllte: „So, du dumme Göre, jetzt bist du wieder dran. Du kommst jetzt mit mir mit!"

Er fasste sie am Arm und ging mit ihr zur Bühne. Und dann stand sie wieder vor den grölenden und fluchenden Piraten, die so eklig nach Rum stanken.

„Ich habe Kopfschmerzen!", sagte Safira zu dem Einäugigen.

Doch der Pirat kannte kein Erbarmen. „Stell dich nicht so an! Sonst bekommst du morgen nichts zu essen. Los, führ deine Kunststücke vor! Zeig, was in dir steckt!"

Also gab Safira alles, damit die Piraten zufrieden waren. Sie ergriff ein Tau, das an einem Baum hing, und schwang mehrmals daran hin und her. Dann ließ sie es an der höchsten Stelle los und machte einen dreifachen Salto. Etwas hart, aber dennoch sicher kam sie anschließend auf dem Boden zum Stehen. Die Piraten grölten laut vor Begeisterung und gaben Safira Applaus.

Doch Safira konnte sich nicht darüber freuen, weil ihr der Kopf wehtat. Und sie wusste auch, dass der Jubel nur von kurzer Dauer war. Die Piraten wollten mehr sehen, vor allem noch gefährlichere Kunststücke.

„Ich kann nicht mehr!", jammerte sie leise vor sich hin.

Aber es nützte nichts, denn jetzt kam der Höhepunkt des Abends: ein Seiltanz in schwindelerregender Höhe. Safira verließ die kleine Bühne und ging auf einen hohen Baum zu. Geschickt kletterte sie hinauf – bis zu der Stelle, an der ein Seil befestigt war. Von unten hörte sie, wie die Piraten sie begeistert anfeuerten:

„Safira! Safira! Safira …"

Die junge Artistin schaute auf das Seil, das in knapp vier Metern Höhe von einem Baum zum anderen gespannt war. Darunter war kein Wasserteich oder Sicherungsnetz, ja, nicht einmal Gras, sondern nur ein harter Boden, der mit Steinen übersät war.

Safira wusste: Wenn sie aus dieser Höhe auf die Steine fallen sollte, würde sie sich bestimmt einige Knochen brechen.

Doch das Verletzungsrisiko war noch nicht einmal das Schlimmste. Es gab etwas anderes, vor dem ihr noch mehr graute: Genau in der Mitte der zu überwindenden Strecke befand sich eine tiefe Grube, in der ganz viele Schlangen herumkrochen. Wie gebannt starrte Safira dorthin.

Ekel überkam sie und ihr Herz raste vor Aufregung.

Schließlich holte sie tief Luft. Sie musste sich konzentrieren, sonst war alles aus. Sie musste über dieses Seil balancieren. Und dabei durfte sie auf keinen Fall nach unten schauen.

Normalerweise wäre es für sie gar kein Problem gewesen, über so ein Seil zu spazieren. Doch heute – heute war alles anders. Ihr war schon ein wenig schwindelig. Bestimmt würde sie das Gleichgewicht nicht halten können und geradewegs in die Schlangengrube stürzen …

Nein! Das durfte nicht sein. Safira sprach sich selber Mut zu: „Du schaffst das, Safira!"

Zitternd nahm sie die Balancierstange in die Hand, die sie bei ihren vorigen Auftritten in der Baumkrone zurückgelassen hatte, und trat barfuß aufs Seil. Der Mond erleuchtete alles mit hellem Schein.

„Safira, Safira, Safira!", brüllten die Piraten.

Schritt für Schritt bewegte sich die junge Artistin über das stark schwankende Seil, unter sich den Steinboden. Anstatt hinunterzuschauen, blickte sie auf das Ziel am anderen Ende. So konnte sie mühsam das Gleichgewicht halten.

Doch mit einem Mal wurde sie unsicher. Wie weit war sie schon gekommen? War die Schlangengrube etwa genau unter ihr?

Obwohl Safira dagegen ankämpfte, konnte sie nicht anders, als nach unten zu schauen. Dabei fiel ihr Blick direkt in die Grube, in der es vor Schlangen nur so wimmelte ...

Entsetzen packte sie. Das Blut schoss ihr in den Kopf und ihr wurde schwarz vor Augen. Sie begann zu schwanken und ließ die Balancierstange fallen.

Jetzt stand sie ohne irgendein Hilfsmittel auf dem Seil und versuchte mit rudernden Armen, das Unglück noch abzuwenden.

Doch es gelang ihr nicht. Sie verlor das Gleichgewicht und stürzte hinab ...

In diesem Moment bewegte sich ein Busch, der direkt neben der Schlangengrube stand. Blitzschnell kam ein junger Mann zum Vorschein, der nun mit ausgestreckten Armen über die Schlangengrube hinwegsprang.

Genau zur richtigen Zeit! Denn Safira plumpste ihm direkt in die Arme.

Ehe sie sich versah, war sie auf der anderen Seite gelandet. Zwar hatte der junge Mann so viel Schwung, dass er mit Safira in seinen Armen zu Boden fiel. Aber da an dieser Stelle hohes Gras wuchs, verletzte sich keiner von beiden.

Erleichtert lagen sie nebeneinander im Gras.

Sekunden später stand der junge Mann auf, reichte Safira die Hand und zog sie hoch.

„Wer bist du?", fragte Safira und schaute ihren Retter bewundernd an.

Der hob seinen Hut auf, der ihm bei dem Sprung vom Kopf gefallen war, drückte ihn gegen die Brust und verbeugte sich. „Käpten Wilbert Boynen Sturm – zu deinen Diensten!"

Danach setzte er seine Kopfbedeckung – einen typischen Seefahrerhut mit einer Fasanenfeder als Schmuck – wieder auf und grinste breit.

Die Piraten, die Safiras spektakuläre Rettung mit angehaltenem Atem verfolgt hatten, waren stumm vor Staunen. Alle starrten auf den gut aussehenden Fremden, der blonde Haare hatte und eine schneidige Kapitänsuniform trug.

Wer war dieser Kerl, der Safira so wagemutig vor dem Sturz in die Schlangengrube bewahrt hatte? Wo kam er so plötzlich her? Und vor allem: Was hatte er überhaupt auf ihrer Pirateninsel zu suchen?

Entschlossen stand der Piratenkapitän auf und marschierte auf Safira und den Blonden zu. „Wer bist du und was machst du hier?", fragte er barsch.

Mit leuchtenden Augen, die vor Abenteuerlust nur so sprühten, schaute Safiras Retter ihn an. „Sagte ich bereits! Mein Name ist Wilbert Boynen Sturm. Und ich bin hier, um euch Piratenpack mal so richtig kräftig in die Suppe zu spucken."

Da fing der Pirat schallend an zu lachen und drehte sich zu seinen Leuten um. „Habt ihr das gehört? Der Kerl will uns drohen! Leute, das wird ein Spaß!", verkündete er mit seiner rauchig-krächzenden Stimme.

Er wandte sich wieder zu dem Blonden um.

Doch der hatte schon seinen Degen gezückt und hielt ihn dem Piraten nun direkt an den Hals.

Dann machte er mit der Waffe eine blitzschnelle Bewegung nach unten. Dabei durchschnitt er dem Piraten den Gürtel seiner Hose, sodass diese hinunterrutschte und der Pirat nur noch in seinen Unterhosen dastand.

Gleich darauf wanderte die Klinge wieder an den Hals des Piraten. „Stimmt! Macht mir echt einen Riesenspaß, das Ganze", erklärte der junge Mann ganz gelassen. „Und wenn du jetzt schön brav und artig bleibst, dann lasse ich dich am Leben!"

Besorgt betrachtete Safira den Piraten, dessen Augen vor Zorn glühten. Was würde jetzt geschehen?

Dann schaute sie wieder auf ihren Retter. Der ließ sich von dem bösen Blick des Piraten nicht einschüchtern. Im Gegenteil – er schien sich seiner Sache sicher zu sein, denn er legte die Finger seiner linken Hand in den Mund und pfiff laut.

Als ob sie auf dieses Signal nur gewartet hätten, traten plötzlich zehn bewaffnete Seeleute aus dem Dickicht hervor. Sie richteten ihre Gewehre auf die völlig verdutzten Piraten.

„Die Hände hoch und hinter den Kopf! Bleibt sitzen und macht keine Dummheiten!", rief ihnen ein kräftig gebauter Matrose im Befehlston zu. Er hatte einen Vollbart und trug eine lustige blaue Kappe mit gelben Tupfern.

Alle gehorchten – das heißt fast alle, denn zwei Piraten sprangen auf und griffen nach ihren Waffen. Einer von ihnen war der Einäugige, der Safira so schlecht behandelt hatte.

Doch der bärtige Matrose, dessen Spitzname Seebär lautete, trat ihnen sofort entgegen. Er holte aus und streckte die beiden mit seiner rechten und linken Faust gleichzeitig nieder. Dann packte er sie und setzte sie unsanft auf ihren Platz zurück, wo sie nun kleinlaut sitzen blieben.

Einem anderen Matrosen sah man an, dass er ebenfalls bärenstark war. Er trug eine rote Kappe mit weißen Punkten, unter der lockige braune Haare hervorwucherten. „Sonst noch jemand, der Lust auf eine Sonderbehandlung hat?", fragte er die Piraten.

Alle schwiegen, und der Matrose, der Brummel genannt wurde, fuhr fort: „Keiner? Na gut, dann verrate ich euch mal, wie es weitergeht: Also, ihr marschiert jetzt einzeln, einer nach dem anderen, in diese Hütte dort."

Er zeigte auf das kleine Gebäude, in das Safira noch kurz zuvor eingesperrt gewesen war. „Und wenn ihr alle lieb seid und mitmacht, dann tun wir euch nichts. Wer ist der Erste, wer meldet sich freiwillig?"

Niemand bewegte sich. Alle blieben still sitzen.

„Keiner! Na gut, dann suche ich mir eben selber einen Freiwilligen aus!" Er packte einen der am Tisch sitzenden Piraten am Kragen, stellte ihn mit unglaublicher Kraft auf den Boden und erklärte: „So! Du bist der Erste! Los! Abmarsch!"

Ohne zu widersprechen, lief der Pirat zur Hütte und ging hinein. Nach und nach folgten ihm auch die anderen – natürlich „ganz freiwillig" –, bis sich alle dicht gedrängt in dem kleinen Raum befanden. Keiner wollte sich mit Brummel oder Seebär anlegen.

Zuletzt schloss Seebär die Tür, verriegelte sie von außen und grinste breit.

Wütend rief der Piratenkapitän durch die Gitterstäbe, mit denen das Fenster gesichert war: „Und was passiert jetzt?"

Da trat Käpten Boynen Wilbert Sturm vor und sagte lachend: „Nichts! Wir verlassen jetzt diese hübsche Insel, und ihr bleibt in der gemütlichen Zelle zurück. Ich bin mir sicher, dass sich keiner von euch einsam fühlen wird."

Er wandte sich ab und tat so, als ob er gehen wollte.

„Ihr könnt uns doch hier nicht einfach verrotten lassen!", protestierte der Pirat. Es klang allerdings nicht mehr zornig, sondern ziemlich kleinlaut.

„Na gut! Wir sind ja keine Unmenschen", erwiderte Käpten Sturm, während er sich wieder zu ihm umdrehte.

Er holte eine Nagelfeile aus seiner Tasche und hielt sie dem Piratenkapitän vor die Nase. „Diese Feile verkaufe ich dir für zwanzig Goldstücke. Damit könnt ihr die Gitterstäbe durchsägen. Bis zum Sonnenaufgang in fünf Stunden solltet ihr das locker schaffen. Sind wir im Geschäft?"

Nach längerem Hin und Her ließen sich die Piraten darauf ein – ihnen blieb ja auch nichts anderes übrig. Jeder holte murrend ein oder zwei Goldstücke aus seiner Hosentasche und überreichte sie Safiras Rettern.

Gut gelaunt kehrten Käpten Sturm und seine Männer dann zu ihrem Schiff zurück, das in einer versteckten Bucht vor Anker lag. Mit dabei war Safira, die jetzt überhaupt keine Kopfschmerzen mehr hatte.

Käpten Sturm legte einen Arm um ihre Schulter und schaute sie mit seinen freundlichen Augen an. „Ich habe vorhin zugesehen, als du deine Kunststücke vorgeführt hast. Deshalb weiß ich, dass du Safira heißt und eine großartige Artistin bist. Wenn du willst, darfst du uns ab jetzt auf unseren Seereisen begleiten. Möchtest du das?"

Safira strahlte über das ganze Gesicht. „Aber natürlich!"

„Dann gehörst du von heute an zu uns!"

„Safira lebe hoch!", brüllten die Seeleute wie aus einem Munde. Mit vereinten Kräften warfen sie die überglückliche Elfjährige in die Luft, um sie danach sanft wieder aufzufangen.

„Auf zu neuen Abenteuern!", rief Safira begeistert.

1. Das alte Schmugglerhaus

Heutige Zeit

Die achtjährige Anne stupste ihren Bruder an, der neben ihr auf dem Rücksitz des Familienautos saß. „Hey, Lenny, ist das da vorne vielleicht unser neues Haus?"

„Glaub ich nicht", antwortete Lenny, der erst vor Kurzem elf Jahre alt geworden war. „Papa hat mir vor der Abfahrt verraten, dass wir in ein uraltes Schmugglerhaus ziehen. Sieht das etwa uralt aus?"

Anne schüttelte den Kopf. „Nein, das ist viel zu neu."

„Eben! Unser neues Zuhause ist über dreihundert Jahre alt."

Stirnrunzelnd fuhr Anne sich durch ihre langen blonden Haare. „Aber ich verstehe das nicht. Das war das letzte Haus vom Ort Bodenwald. Und Papa hat gesagt, dass wir in Bodenwald wohnen werden, stimmt's, Mama?"

Viola, die Mutter von Lenny und Anne, war von der langen Reise erschöpft. Deshalb zuckte sie nur mit den Schultern, anstatt zu antworten.

„Unser neues Zuhause liegt etwas außerhalb von Bodenwald. Aber es wird euch sicher gefallen", erklärte nun Andreas, der Vater.

Familie Schmidt war auf dem Weg in ihre neue Heimat Mecklenburg-Vorpommern. Sie hatten dort ein großes Haus gekauft, das mitten im Wald und trotzdem gar nicht weit entfernt vom Meer war.

Jetzt verließ Papa die Hauptstraße und lenkte den Wagen auf einen Schotterweg, der direkt in den Wald führte. Nach dreihundert Metern kamen sie zu einer Lichtung. Und da sahen sie es – ihr neues Zuhause.

„Dort vorne ist es!", rief Lenny begeistert. „Wir sind angekommen! Endlich!"

„Ja, das ist unser neues altes Haus, in dem wir ab heute wohnen werden", bestätigte Papa. „Gefällt es euch?"

Zögernd erwiderte Anne: „Weiß nicht. Hier ist es ziemlich einsam und unheimlich! Warum habt ihr ausgerechnet dieses Spukhaus gekauft und nicht ein ganz normales Haus im Ort?"

Papa schmunzelte. „Erstens ist das hier kein Spukhaus, sondern ein altes Bauernhaus, das einmal Schmugglern gehört haben soll. Und zweitens gefällt es Mama und mir."

Auch Mama lächelte jetzt. „Na, es war vor allem günstig, sodass wir es uns leisten konnten. Die erste Etage ist neu renoviert und bewohnbar. Und im Erdgeschoss gibt es eine große Küche mit Kamin. Die anderen drei Räume im Erdgeschoss werden wir vorerst nicht nutzen."

„Reicht uns der Platz?", wollte Lenny wissen. Ihre bisherige Wohnung war ziemlich beengt gewesen, was manchmal zu Streit zwischen den Geschwistern geführt hatte.

„Klar", versicherte Mama. „Die Küche ist wirklich riesig. Darin ist Platz für einen großen Esstisch. Und vor den Kamin passt sogar noch unsere Sofagarnitur."

Papa nickte. „Auf diese gemütliche Sitzecke freue ich mich schon. Dort können wir abends Bücher lesen und uns im Winter die Füße wärmen."

„Im ersten Stock haben wir zwei Bäder, ein großes Schlafzimmer und zwei Kinderzimmer. So hat jeder von euch seinen eigenen Bereich, in dem er sich ausbreiten kann. Und falls uns das immer noch nicht reicht, können wir die Zimmer im Erdgeschoss renovieren."

„Außerdem gibt es einen großen Dachboden!", schob Papa nach.

„Auch einen Keller?“, fragte Anne.

„Ja, aber der ist sehr klein. Er besteht eigentlich nur aus einem Raum, in dem wir Vorräte lagern können.“

Neugierig deutete Lenny auf eine Scheune, die sich neben dem Haus befand. „Und was ist damit? Gehört das auch noch dazu?“

Papa nickte. „Ja, die Scheune gehört uns ebenfalls. Es ist gut, dass du das erwähnst, weil ich euch eines gleich von vornherein sagen will: Dort dürft ihr auf keinen Fall reingehen, jedenfalls vorerst noch nicht. Ist das klar?“

Lenny schaute seinen Vater verständnislos an. „Und warum sollen wir die Scheune nicht betreten?“

„Weil das gefährlich sein könnte“, übernahm seine Mutter die Antwort. „Dort liegen Sensen und andere landwirtschaftliche Werkzeuge herum, an denen man sich verletzen kann. Und wir wissen im Augenblick noch gar nicht, was sich unter dem aufgeschichteten Heu befindet. Wir möchten verhindern, dass euch etwas passiert.“

„Aber wir sind doch keine kleinen Kinder mehr“, widersprach Anne empört. „Bitte!“

„Nein, das seid ihr nicht“, bestätigte Papa. „Und deshalb solltet ihr einsehen, dass wir lediglich auf eure Sicherheit bedacht sind. Die Scheune ist für euch tabu. Ende der Durchsage!“

Lenny runzelte die Stirn. Er hasste Verbote! Insgeheim beschloss er, sich nicht an diese Regel zu halten. Er würde irgendwann mal heimlich in den Schuppen reingehen.

Doch das hatte Zeit. Zunächst einmal wollte er sich in Ruhe das Haus anschauen. Denn dort gab es bestimmt auch einiges zu entdecken.

Andreas durchschaute seinen Sohn. „Lenny! Denk nicht einmal dran, die Scheune zu betreten, sonst gibt es richtig Ärger!“, warnte er.

Schnell lenkte der Elfjährige ab. „Was ist mit Opa Abraham und Oma Sarah? Ziehen die auch hier bei uns ein?"

Mama schüttelte den Kopf. „Nein, die behalten ihre Wohnung in Bodenwald. Aber ich bin froh, dass wir jetzt endlich ganz nah bei ihnen wohnen."

„Ja, das ist wirklich genial", stimmte Lenny zu. „Früher war es eine halbe Weltreise, wenn wir sie besuchen wollten. Und jetzt können wir einfach mit dem Fahrrad zu ihnen fahren. Ich freu mich."

„Das war auch einer der Gründe, warum wir hierherziehen wollten", erklärte Mama. „Außerdem hat Papa hier eine gute Arbeit gefunden. Er ist jetzt der neue Manager eines Ferienhotels."

„Papa ist Chef!", riefen Lenny und Anne wie aus einem Munde und klatschten einander ab.

Schon vor einigen Minuten hatte Papa das Auto vor dem Haus geparkt und den Motor abgestellt. Nun forderte er die anderen auf: „Alles aussteigen, bitte! Herzlich willkommen im alten Schmugglerhaus von Bodenwald!"

Nach dem Abendessen putzte Familie Schmidt erst einmal die Wohnung. Alle mussten mithelfen, auch Lenny und Anne.

„Wann kommt denn der Umzugswagen?", stöhnte Lenny, der überhaupt keine Lust zum Putzen hatte. Lieber hätte er dabei geholfen, die Möbel hereinzutragen.

„Erst morgen", erklärte Papa. „Aber wenn ihr eure Aufgaben erledigt habt, könnt ihr euch gerne mal im Haus umschauen."

Das ließen sich Lenny und Anne nicht zweimal sagen. Als sie mit allem fertig waren, machten sie sich sofort aus dem Staub. Und weil es draußen zu regnen angefangen hatte, kletterten sie auf den Dachboden, der über eine Holzleiter zu erreichen war.

Dieser Raum war vollgestopft mit alten Gegenständen, die dem vorigen Besitzer des Hauses gehört hatten. Er war im Alter von 99 Jahren gestorben, und offenbar hatte sich keiner seiner Erben für diese Sachen interessiert.

Ganz im Gegensatz zu Anne und Lenny: Sie schauten sich jeden Winkel des großen Dachbodens genau an, denn es gab viel zu entdecken. Anne bewunderte ein paar ausgestopfte Tiere. Ein Papagei, der schon ein wenig zerrupft aussah, gefiel ihr besonders. Lenny interessierte sich hingegen mehr für ein Fernrohr und ein paar alte Seekarten, die er in einem verstaubten Schrank fand.

Unter ein paar uralten Teppichen kam eine große Holzkiste zum Vorschein, die mit einem schweren Metallriegel verschlossen war.

„Was da wohl drin ist?", überlegte Anne.

Lenny fuhr über das raue Holz, das mit Metallstreben versehen war, und pfiff durch die Zähne. „Das ist eine echte Seefahrerkiste! Sie sieht auf jeden Fall genauso aus wie die in dem Seefahrermuseum, in dem ich letztes Jahr mit Opa Abraham gewesen bin."

Er schob den Riegel zurück und versuchte, den Deckel der Kiste anzuheben, was ihm aber nicht gelang. „Du, Anne, hilf mir mal, das Ding aufzumachen!"

Gemeinsam zogen sie an einer robusten Halterung am Deckel. Und mit vereinten Kräften gelang es ihnen tatsächlich, die Kiste zu öffnen.

„Da drin ist ein Hut!", rief Anne aufgeregt.

„Ja, ein Seefahrerhut, und daneben liegt eine Seefahreruniform", stellte Lenny begeistert fest. Er ergriff den Hut und setzte ihn auf.

„Steht dir überhaupt nicht", kicherte Anne. „Sind das wirklich Seefahrerklamotten?"

„Klar! Sieht man doch", meinte Lenny, der sich mit so etwas gut auskannte. Als Fan von alten Seefahrergeschichten hatte er schon sehr viel darüber gelesen. Außerdem besaß er einige Filme über Seefahrer und Piraten, die er sich immer wieder anschaute.

Anne nahm die Uniform in die Hand und schnupperte. „Die riecht aber muffig! Zieh die bloß nicht an!"

„Keine Angst, die ist mir sowieso viel zu groß", behauptete Lenny. „Genau wie der Hut auf meinem Kopf."

Nun betrachtete Anne ein Metallstück an der Vorderseite des Huts. „Du, da stehen Zahlen drauf. Moment mal ... eins ... sieben ... neun ... und zwei ... 1-7-9-2", wiederholte sie zufrieden.

Lenny nahm den Hut ab und schaute sich die Zahl selber an. Dann grinste er. „Das heißt *siebzehnhundertzweiundneunzig*! Das ist eine Jahreszahl." Seine Augen leuchteten. „Du, Anne, weißt du, was das bedeutet?"

„Nein!"

„Es kann gut sein, dass der Hut aus dem Jahr 1792 stammt."

„Wie alt ist er dann?", wollte Anne wissen.

„Steinalt, würde ich sagen. Lass mal rechnen ... Also, 8 plus 200 ... Dann wären bis zum Jahr 2000 also schon 208 Jahre vergangen, dazu kommen noch ..."

Aber Anne, die Mathematik hasste, hatte sich bereits abgewandt. So wichtig war das dann auch wieder nicht. Da schaute sie sich lieber noch einmal den ausgestopften Papagei an.

Lenny untersuchte die Kiste inzwischen genauer und entdeckte darin einen Kompass, ein fest verschlossenes Tintenfass und eine Schreibfeder. Und ganz unten lag ein Stapel altes Papier.

Alles war in einem sehr guten Zustand, was Lenny wirklich wunderte. Denn er wusste, dass solche Sachen normalerweise mit der Zeit kaputtgehen.

„Anne!", rief er laut.

„Ja?"

„Findest du nicht auch, dass der Inhalt der Kiste total gut erhalten ist, obwohl diese Sachen ja schon über zweihundert Jahre alt sind?"

Anne kniff ihre grünblauen Augen zusammen. „Stimmt! Die sehen noch richtig gut aus. Woran liegt das?"

Nachdenklich strich Lenny mit dem Finger zuerst über den äußeren und dann über den inneren Rand der Kiste. Anne machte es ihm nach.

„Vielleicht liegt es ja an der Kiste. Die Innenseiten fühlen sich nicht so an, als ob sie aus Holz wären", murmelte Lenny.

„Stimmt, fühlt sich eher an wie Gummi", stellte Anne fest.

Lenny nickte. „Genau, deshalb hat es auch ein wenig geklemmt, als wir sie öffnen wollten."

Plötzlich hatte er eine Idee: „Aber klar doch! Durch die Gummischicht war die Kiste komplett luftdicht abgeschlossen. Und ich habe mal gehört, dass so verhindert werden kann, dass Dinge kaputtgehen."

„Toll!", rief Anne. „Aber die Uniform riecht trotzdem muffig."

Neugierig nahm sie nun den Stapel vergilbtes Papier in die Hand. Die einzelnen Seiten waren zu einem Heft zusammengeklebt, auf dessen Deckblatt einige Worte standen. „Das ist aber

eine schreckliche Krakel-Schrift, die keiner lesen kann!", beklagte sie sich.

Lenny griff nach dem Heft und betrachtete es. „Also, ich finde, dass die Schrift ziemlich sauber und ordentlich ist. So hat man eben früher in Deutschland geschrieben."

Anne schaute ihn mit großen Augen an. „Kannst du das etwa lesen?"

„Vielleicht, Opa Abraham hat es mir mal beigebracht. Ich versuche es mal: *Logbuch der Reisen von Käpten Wilbert Boynen Sturm – Teil 1.*"

Lenny blickte auf. „Du, Anne! Weißt du, was das ist?"

„Ein Logbuch?"

„Genau. Es ist das Tagebuch eines Kapitäns. Und sein Name lautet Käpten Wilbert Boynen Sturm."

„Poaah! Das ist ja klasse! Kannst du mir etwas daraus vorlesen?"

Lenny blätterte die erste Seite um und runzelte die Stirn. „Na ja, leicht fällt es mir nicht gerade, diese altdeutsche Schrift zu lesen. Ich müsste etwas mehr üben."

Beide schwiegen.

„Vielleicht kann uns Mama oder Papa den Text vorlesen. Komm, wir gehen runter", schlug Lenny vor.

Anne schaute auf die Uhr. „Ich weiß nicht, ob das so eine gute Idee ist. Es ist schon halb zehn. Die schicken uns sicher gleich in unsere Betten, wenn wir unten auftauchen."

„In welche Betten?", gab Lenny grinsend zurück. „Die kommen doch erst morgen, wie die anderen Möbel auch. Glaub mir, so schnell gehen wir heute noch nicht schlafen."

Anne war immer noch skeptisch. „Da kennst du Mama aber schlecht. Die hat für alles eine Lösung. Aber gut – wenn sie uns trotzdem ins Bett schicken, dann bist du schuld."

Die Eltern waren mittlerweile mit dem Putzen fertig geworden. Erschöpft hatten sie sich vor dem Kamin in zwei alten Schaukelstühlen niedergelassen, die sie im Keller gefunden hatten. Dort warteten sie auf ihre Kinder.

„Wo bleiben die beiden nur?", fragte Andreas seine Frau.

Die lächelte. „In diesem Haus gibt es sehr viel zu entdecken. Du kennst doch Anne und Lenny. Die stehen auf Abenteuer. Aber da … ich höre etwas – ich glaube, sie kommen."

Und tatsächlich kam Lenny nun zur Tür hereingestürmt, dicht gefolgt von Anne.

„Hallo Mama, hallo Papa. Schaut mal, was wir auf dem Dachboden gefunden haben." Stolz überreichte er seinem Vater das Logbuch.

Der schaute zunächst ohne großes Interesse auf das vergilbte Heft. Doch dann weiteten sich seine Augen und er richtete sich im Schaukelstuhl auf. „Woher habt ihr das?"

„Vom Dachboden", sagte Anne aufgeregt.

„Ja, wir haben es in einer alten Seefahrerkiste gefunden. Was meint ihr dazu?"

Papa schaute zu Mama hinüber. „Scheint mir ziemlich alt zu sein – ist aber noch sehr gut erhalten."

Mama war inzwischen ebenfalls neugierig geworden. Sie nahm Papa das Heft aus der Hand und begann, laut vorzulesen: *„Logbuch der Reisen von Käpten Wilbert Boynen Sturm – Teil 1."*

Dann schlug sie das Deckblatt um. In der Mitte der Rückseite standen eine Zahl und ein Satz: *1793 – Meine Reise ins Nordmeer mit meinem Schiff Esmeralda.*

„Siebzehnhundertdreiundneunzig!", rief Papa verwundert. Er las selber nach und schüttelte den Kopf. „Das ist ja unglaublich! Dann sind diese Aufzeichnungen schon über zweihundert Jahre alt! Schade, dass wir sie uns heute nicht mehr näher ansehen können. Ihr müsst nämlich ins Bett."

Anne kniff Lenny in den Arm, sodass dieser leicht aufschrie: „He, warum kneifst du mich!"

„Siehste! Ich habe dir doch gleich gesagt, dass sie uns ins Bett schicken!"

Lenny wandte sich protestierend an seine Eltern: „In welche Betten wollt ihr uns denn schicken? Die kommen doch erst morgen."

„Ihr schlaft auf Luftmatratzen. Sie liegen in Lennys Zimmer und sind schon fertig bezogen", antwortete Mama.

Aber Lenny gab nicht so schnell auf. Immerhin ging es auch um seine Ehre. „Ihr könnt uns doch nicht einfach so ins Bett schicken – jetzt, wo es gerade spannend wird. Was haltet ihr davon, wenn wir wenigstens noch ein bisschen in diesem Logbuch lesen? Und danach gehen wir, ohne zu nörgeln, sofort schlafen."

Papa und Mama sahen sich gegenseitig an. Dann nickten sie sich zu. Schließlich wollten sie selber wissen, was dieser Käpten Sturm so schrieb.

„Na gut – aber nur, wenn wir hinterher keine Scherereien mit euch haben", willigte Papa ein.

„Einverstanden!", riefen Anne und Lenny gleichzeitig.

Schnell holten sie sich ein paar Kissen, setzten sich darauf und lehnten sich mit dem Rücken an die Kaminwand. Dann schauten sie ihre Mutter erwartungsvoll an.

Die nahm das Logbuch in die Hand und begann zu lesen:

Mein Name ist Wilbert Boynen Sturm. Ich bin 21 Jahre alt und ein Seefahrer. Mein Vater und meine Mutter sind leider schon sehr früh verstorben. Aber mein Vater hat mir vorher alles beigebracht, was ein Kapitän wissen muss, und mir auch sein Schiff vererbt. Deshalb bin ich jetzt schon Kapitän, obwohl ich noch sehr jung bin. Ich habe eine tolle Mannschaft, die mit mir durch dick und dünn geht. Mit ihr habe ich unglaubliche Abenteuer erlebt und diese in meinen Logbüchern aufgeschrieben. Eine meiner großen Seereisen begann folgendermaßen …

2. EINE WICHTIGE NACHRICHT

Es pochte laut an der Tür des Schmugglerhauses, in dem Käpten Wilbert Boynen Sturm wohnte. Von seinen Freunden wurde er einfach nur *Boynen* genannt. Denn dieser Name, den ihm seine schwedische Mutter gegeben hatte, war sein Lieblingsvorname. Den deutschen Vornamen *Wilbert* mochte er hingegen nicht, weil der so förmlich klang.

Außer Käpten Sturm wohnten im Schmugglerhaus auch noch die erfahrenen Matrosen Seebär und Brummel sowie das Zirkusmädchen Safira.

„Du, Boynen, da ist jemand an der Tür", sagte Brummel gähnend. Er war gerade dabei, seine Seefahrerpfeife zu stopfen, und hatte deshalb keine Lust, aufzustehen und zu öffnen.

Und weil Seebär eifrig den Kochlöffel schwang, um ihnen einen lecker duftenden Wirsing-Eintopf zu kochen, wandte sich Käpten Sturm an Safira: „Kannst du mal nachschauen, wer es ist?"

Safira, die kopfüber an einem Seil hing, das an der Zimmerdecke angebracht war, nickte. Mit einem doppelten Salto sprang sie auf den Boden. Dann schlug sie ein Rad und spähte durchs Küchenfenster. „Vor der Tür steht ein alter Matrose."

Seebär wurde neugierig, legte den Kochlöffel beiseite und schaute ebenfalls aus dem Fenster. „Den kenne ich – er heißt Wolfgang Ahrendt. Er hat in seinem Leben bestimmt schon alle Weltmeere bereist. Was will er von uns?"

„Fragen wir ihn doch!", meinte Boynen und stand vom Küchentisch auf. Dann öffnete er die Tür.

„Guten Abend, Käpten Sturm! Oder soll ich dich lieber Wilbert nennen? Ich habe bereits unter deinem Vater gedient. Schade, dass er nicht mehr unter den Lebenden weilt. Darf ich hereinkommen?"

„Ja, gerne", antwortete Käpten Sturm. „Den Namen Wilbert mag ich übrigens nicht. Aber du kannst einfach Boynen zu mir sagen."

Der alte Mann folgte ihm in die warme Küche, die von einem offenen Kamin beheizt wurde, und setzte sich. Etwas umständlich kramte er einen Lederbeutel aus der Tasche. „Da ist eine Nachricht drin. Lies das mal bitte!"

Boynen öffnete den Lederbeutel, holte ein zerknittertes Blatt Papier heraus und faltete es auseinander. Dann las er vor:

Fürstliche Belohnung für denjenigen, der mir meine erst neunzehnjährige Tochter wieder nach Hause zurückbringt. Sie wurde letzte Woche entführt und ist seitdem verschollen. Augenzeugen glauben, dass der Schwarze Pirat dahintersteckt. Wir sind verzweifelt und hoffen, dass sich vielleicht ein tapferer Held findet, der es riskieren wird, sich mit diesem schrecklichen Verbrecher anzulegen.
Wenn es einen solchen Helden der Seefahrt geben sollte, dann freue ich mich, ihn in meinem Schloss begrüßen zu dürfen. Dort können wir alles Weitere besprechen. Wie gesagt, die Belohnung wird fürstlich sein.

Hochachtungsvoll
Fürst Arthur von Waldmünde

Boynen runzelte die Stirn und schwieg einen Moment, bevor er aufsah. Dann räusperte er sich. „Ich kenne die Tochter des Fürsten gut. Sie heißt Aurora von Waldmünde und ist wirklich nett.

Wir waren früher an derselben Schule und sind immer mal wieder zusammen mit unseren Pferden ausgeritten. Wir sind … echte Freunde."

Safira, die noch immer am Fenster stand, machte einen Handstandüberschlag und hing gleich darauf wieder an ihrem Seil. Mit dem Kopf nach unten schaute sie Boynen nun direkt in die Augen. „Bist du verliiiiiiebt?"

Verblüfft starrten die anderen zuerst auf Safira und dann auf Boynen, dessen Gesicht rot anlief.

„Safira hat recht! Gib es zu! Du bist in das Mädel verschossen", grinste Seebär und ließ zur Bekräftigung seine Faust auf den Tisch krachen, sodass die darauf gedeckten Suppenteller um zwei Zentimeter in die Höhe sprangen.

„Klar ist er in sie verliebt", lachte Brummel. „Und zwar bis über beide Ohren! Das sehe ich ihm doch an der Nasenspitze an. Aber das kann ihm wohl niemand verübeln, denn sie ist eines der schönsten Mädchen, die ich je gesehen habe – wenn ihr mich fragt."

Boynen nickte. „Ja, sie ist wirklich bezaubernd. Es ist furchtbar, dass sie von diesem schrecklichen Piraten entführt wurde. Die arme Aurora!"

Der alte Matrose stand auf. „Tja, ich weiß leider nicht, was man tun könnte, um sie zu retten. Aber ich wollte dir unbedingt diese Nachricht überbringen."

„Vielen Dank für deine Mühe", sagte Boynen, griff in die Hosentasche und gab dem Matrosen etwas Geld. Der verabschiedete sich daraufhin.

Als er fort war, ballte Boynen seine Hand zur Faust. „Wir müssen Aurora retten. Seid ihr dabei?"

Safira sprang auf den Boden und saß eine Sekunde später dicht neben ihm. „Willst du das wirklich tun? Es heißt doch, dass der Schwarze Pirat unheimlich böse sei! Und keiner weiß, wo er sich aufhält. Man sagt, dass er auf einer unbekannten Insel in einer uneinnehmbaren Festung wohnt. Er besitzt mehrere Piratenschiffe. Und er hat mindestens tausend Männer auf seiner Seite – alles gemeine Piraten, die für ihn kämpfen."

Boynen schaute entschlossen in die Runde. „Ich weiß, dass wir bei diesem Abenteuer Kopf und Kragen riskieren werden. Aber ich werde Aurora nicht ihrem ungewissen Schicksal überlassen, so wahr ich Käpten Wilbert Boynen Sturm heiße. Seid ihr dabei?"

„Natürlich!", riefen Brummel und Seebär wie aus einem Munde. „Du weißt doch, dass wir dich niemals im Stich lassen. Und die anderen Matrosen deiner Mannschaft werden sich bestimmt ebenso wenig drücken."

„Dann mache ich auch mit", erklärte Safira nach kurzem Zögern. Ihr war zwar ein wenig unbehaglich zumute, aber zu Käpten Sturm hatte sie uneingeschränktes Vertrauen.

„Sehr gut, dann werde ich noch heute den Fürsten von Waldmünde besuchen. Und wenn ich zurückkehre, stechen wir in See. Brummel, kannst du mir mein bestes Pferd satteln?"

„Aye, aye, Käpten Sturm – wird gemacht!"

Bereits zwei Tage später stach Käpten Sturms Schiff, die *Esmeralda*, in See. Ein starker Wind blies in die Segel und trieb das schnittige Schiff rasch vorwärts.

Safira saß hoch oben in der Takelage und genoss den Ausblick auf das weite Meer. Die kühle, frische Brise wirbelte ihre lockigen rötlich braunen Haare durcheinander und erzeugte einen angenehm salzigen Geschmack in ihrem Mund.

Ja, Safira liebte das Meer, die hohen Wellen und die Weite. Hier fühlte sie sich zu Hause. Sie konnte nach Herzenslust in der Takelage herumturnen und neue Kunststücke einüben.

Auf einmal sah sie, wie Käpten Sturm aus der Kapitänskajüte herauskam.

Schnell ließ sie sich an einem Seil hinab und stand nur Sekunden später neben dem Mann, dem sie so viel zu verdanken hatte. „Weißt du eigentlich, wo es hingeht?", fragte sie ihn.

Boynen lächelte überrascht. „Safira! Wo kommst du denn so plötzlich her? Ich habe dich gar nicht gesehen."

„Ich saß gerade in der Takelage, und zwar beim Fockmast."

„Wir fahren nach Norden", beantwortete Boynen nun ihre Frage.

„Dass wir Richtung Norden segeln, merke ich auch. Aber weißt du schon, wo sich Aurora aufhält?"

„Nein, aber wir werden es herausfinden."

„Und wie?"

„Zunächst einmal segeln wir nach Kopenhagen, wo ich noch etwas zu erledigen habe. Von dort geht es weiter nach Wargate in Großbritannien. Da gibt es ein paar berüchtigte Hafenkneipen, in denen sich viel Gesindel herumtreibt. Ich hoffe, dass wir dort erfahren können, wo sich der Schwarze Pirat aufhält."

„Was meinst du mit *Gesindel?*"

„Diebe, Schmuggler und auch echte Piraten."

„Ist es nicht gefährlich, mit solchen Leuten zu reden?", fragte Safira etwas beklommen.

„Klar, aber es ist unsere einzige Chance, Aurora zu finden."

„Wann sind wir dort?"

„In knapp vier Tagen, wenn der Wind weiterhin so günstig bläst wie bisher."

„Und was machen wir davor – in Kopenhagen?"

Das wollte Boynen ihr jedoch noch nicht verraten. Deshalb lenkte er schnell ab. „Ach, Safira, du hast anscheinend nichts zu tun. Könntest du vielleicht mal das Deck schrubben?"

Er zeigte auf den Dreck, der sich überall angesammelt hatte. Dabei wandte er sich ein wenig ab, um alles genau zu betrachten. Doch als er sich wieder zu Safira umdrehen wollte, war sie verschwunden.

Zufrieden lachte Käpten Sturm in sich hinein. Es hatte funktioniert ... Wenn Safira erst einmal angefangen hatte, Fragen zu stellen, war es immer ganz schwer, sie wieder loszuwerden. Doch mit einem bestimmten Wort konnte man sie mühelos verscheuchen: *schrubben.*

Auch diesmal hatte sie sich aus dem Staub gemacht, kaum dass er dieses Wort erwähnt hatte.

Boynen nahm das Fernrohr in die Hand und stutzte. Vor ihnen lag tatsächlich schon die Stadt Kopenhagen. Sie waren viel schneller vorangekommen als sonst.

Er musste noch ein paar Vorbereitungen treffen für das, was er dort vorhatte. Und er wusste schon jetzt, dass es ganz schön gefährlich werden konnte ...

In Kopenhagen war es schon dunkel geworden. Boynen, Brummel, Seebär und Safira standen vor einer großen Villa.

„Hier ist es", flüsterte Boynen. „Hier wohnt Jonte Hartog – der Mann, der meinem Vater damals seine wertvollsten Seekarten gestohlen hat. Und diese Seekarten brauchen wir dringend, um Aurora zu befreien."

Safira schaute ihn mit ihren großen braunen Augen erstaunt an. „Was? Hier wohnt ein Dieb? Aber warum sollte ein Mann, der in so einer prächtigen Villa wohnt, es nötig haben zu stehlen?"

Seebär legte seinen schweren Arm über Safiras Schulter. „Weißt du, Safira, dieser Mann ist nur deshalb so reich geworden, weil er andere Menschen bestohlen hat. Glaub mir, er ist ein ganz gemeiner Gauner."

„Und warum kommt er dann nicht ins Gefängnis?"

„Weil er sich nicht erwischen lässt. Außerdem stiehlt er nicht selber, sondern lässt die Raubzüge von anderen Leuten durchführen."

„Genau", bestätigte Brummel. „Dieser Herr Hartog hat eine ganze Armee von Dieben, die für ihn arbeiten. Sie schleichen sich nachts in Häuser und nehmen alles mit, was ihnen in die Finger kommt."

„Und dann liefern sie die gestohlenen Sachen bei Hartog ab und er zahlt ihnen Geld dafür", erklärte Boynen. „Er verkauft das Zeug für ein Vielfaches weiter und verdient daran ein Vermögen."

Safira runzelte die Stirn. „So ein gemeiner Kerl! Und warum glaubst du, dass die wertvollen Seekarten deines Vaters noch hier in dieser Villa sind? Hartog könnte sie doch längst wieder verkauft haben."

Boynen schüttelte den Kopf. „Nein, das ist ziemlich unwahrscheinlich. Ich weiß, dass Jonte Hartog völlig vernarrt in alte Karten ist und sie deshalb selbst behalten möchte. Außerdem lassen sich diese Karten nicht so einfach weiterverkaufen. Denn auf jeder einzelnen stehen die Initialen meines Vaters, weil er sie damals selber gezeichnet hat. Hartog weiß das."

„Dann wollen wir heute also einen Dieb berauben?"

„Nein, ich beraube niemanden“, protestierte Boynen. „Ich hole mir nur das zurück, was mir gehört.“

„Und warum habt ihr mich mitgenommen?“, wollte Safira wissen.

„Du kannst mir dabei helfen, unbemerkt in die Villa zu gelangen.“

„Wie?“

„Indem du aufs Dach hinaufkletterst und dort oben ein Seil anbringst. Mithilfe dieses Seils komme ich dann ebenfalls aufs Dach und kann durch ein Dachfenster ins Haus einsteigen.“

„Und wenn wir erwischt werden?“

„Dann steckt man uns ins Gefängnis!“

„Das kann ja heiter werden“, stöhnte Safira.

„Ja, aber es wird mal langsam Zeit, dass man diesem Gauner eine Lektion erteilt. Und außer uns wird das niemandem sonst gelingen“, ermutigte sie Seebär.

Ein paar Minuten später kletterte Safira über den Zaun der Villa und versteckte sich hinter einem Strauch. Eine kühle Brise wehte vom Meer her und ließ sie frösteln. Ihr Herz klopfte vor Aufregung. Hoffentlich wurde sie nicht entdeckt!

Vorsichtig blickte sie nach allen Seiten, um herauszufinden, ob jemand sie beobachtete. Aber es rührte sich nichts – nur eine Eule schrie und verbreitete eine unheimliche Stimmung.

Safira durchquerte den Garten und hatte Sekunden später die Hauswand erreicht. Die Fassade roch modrig und alt.

Rasch schlich sie zum nächsten Fenster und spähte hinein. Drinnen war es dunkel. Nur in einem Nachbarraum brannte Licht.

Safira holte tief Luft. Dann streckte sie sich und kletterte, leicht wie eine Katze, auf einen Absatz oberhalb des Fensters. Von dort aus schaute sie auf ihr nächstes Ziel – einen Balkon direkt über ihr. Sie wusste, dass sie ihn nur mit einem gewagten Sprung erreichen konnte.

Wieder atmete sie tief durch, bevor sie zum Sprung ansetzte.

Doch da hörte sie plötzlich ein lautes Geräusch. Das Fenster unter ihr wurde aufgerissen und eine tiefe Männerstimme rief laut: „Also, jetzt schlägt's aber dreizehn! Was machst du denn da?"

3. Die geheime Tür

Lenny und Anne starrten ihre Mutter mit großen Augen an. „Warum hörst du auf zu lesen?", stöhnte Lenny.

„Ja, und zwar ausgerechnet an der spannendsten Stelle?", beschwerte sich Anne.

„Es ist Zeit, ins Bett zu gehen!"

„Nein, auf keinen Fall!", rief Lenny entrüstet.

„Ja, Mama, bitte lies weiter!", bat Anne.

„Ich kann nicht weiterlesen. Schaut ...", Mama zeigte den beiden das Logbuch, „hier hört der Text auf."

Lenny riss es ihr aus der Hand und blickte selber hinein. „Tatsächlich", sagte er betroffen. „Dann müssen wir schnell auf dem Dachboden nach der Fortsetzung suchen."

Aber Papa widersprach. „Nein, das werden wir nicht. Darf ich euch beide daran erinnern, dass wir eine Vereinbarung hatten? Ab ins Bett, ihr Abenteurer! Morgen ist auch noch ein Tag."

Lenny und Anne schauten sich an. Ja, sie hatten versprochen, nicht zu nörgeln. Und an ein Versprechen musste man sich halten.

„Na gut. Aber morgen früh lesen wir dann weiter!"

„Machen wir", sagte Mama lächelnd.

Wenig später lagen Anne und Lenny auf ihren Luftmatratzen in Lennys Zimmer. Anne war froh, dass sie in der ersten Nacht bei ihrem älteren Bruder im Zimmer schlafen konnte. Sie fühlte sich in diesem alten Haus noch ein wenig unbehaglich und musste sich erst an die neue Umgebung gewöhnen.

„Jetzt wohnen wir in einem Schmugglerhaus!", flüsterte Lenny vor sich hin.

Anne nickte und schaute dabei an die Decke. Plötzlich entdeckte sie über sich ein Spinnennetz. „Iiih!", schrie sie entsetzt.

„Was ist denn jetzt wieder los?", fragte Lenny verwundert.

„Ein Spinnennetz!", jammerte Anne. „Bitte mach es weg!"

Lenny kannte seine kleine Schwester. Sie würde erst Ruhe geben, wenn er das Netz entfernt hatte. Deshalb stand er auf, lief wortlos ins Bad und holte einen Besen. Damit beseitigte er die Spinnweben.

Anne hatte mittlerweile ihre Luftmatratze an eine andere Stelle im Zimmer geschoben, die ihrer Meinung nach spinnenfrei war.

Lenny musste grinsen. Anne und ihre schreckliche Angst vor jeder Art von Ungeziefer! „Jetzt sollten wir aber schlafen", sagte er. „Gute Nacht, Anne!"

„Ja, gute Nacht, Lenny!"

Sie schalteten das Licht aus, aber es dauerte noch ein wenig, bis sie endlich eingeschlafen waren.

Mitten in der Nacht wachte Lenny plötzlich auf, weil draußen ein Sturm tobte. Heftige Böen drückten gegen das Zimmerfenster, das sich auf der Nordseite des Hauses befand. Lenny hatte so etwas noch nie erlebt. Man merkte, dass sie jetzt ganz nah am Meer wohnten, wo Stürme wie dieser nichts Ungewöhnliches waren.

Rasch griff er nach seiner Taschenlampe, die er vorsorglich neben seine Luftmatratze gelegt hatte, und leuchtete zum

Fenster. Die Scheiben waren unversehrt, wie er befriedigt feststellte.

Er ließ den Lichtstrahl durchs Zimmer wandern und wollte die Lampe schon wieder ausschalten, als ihm an der Holzwand plötzlich etwas auffiel. Was war denn das?

Neugierig sprang er auf und schaute sich die Sache aus der Nähe an.

An der aus Holzbrettern bestehenden Wand hatte sich ein kleiner Spalt aufgetan. Drei Bretter ragten etwas hervor und ein kühler Luftzug war zu spüren.

Als Lenny die Bretter berührte, merkte er, dass sie sich bewegen ließen. Zwar knarzte es ein wenig, aber sie ließen sich wie eine Schranktür öffnen.

Er pfiff durch die Zähne. „Eine geheime Tür! Ist ja krass! Wieso haben wir die vorher noch nicht bemerkt?"

Er untersuchte die drei miteinander verbundenen Bretter noch etwas genauer. Sie waren insgesamt etwa fünfzig Zentimeter breit und fünfzig Zentimeter hoch. Und sie sahen genauso aus wie der Rest der Wand, sodass man auf den ersten Blick gar nicht erkennen konnte, dass sich hier eine Tür befand.

Vorsichtig schob Lenny sie noch etwas weiter auf – ein lautes Knarren war zu hören. Hoffentlich wachte Anne nicht auf.

Dann leuchtete er mit seiner Taschenlampe hinein. Der Lichtkegel traf auf eine Wand. „Ein Geheimversteck!", murmelte er aufgeregt.

Mit eingeschalteter Lampe kroch er in die Öffnung. Es roch nach altem Staub. Als er nach rechts leuchtete, entdeckte er eine steile Wendeltreppe, die nach unten führte. Und über ihm war ein Schacht, der senkrecht nach oben verlief. An der Wand des Schachts waren Metallsprossen befestigt, an denen man hinaufklettern konnte.

Lenny war begeistert: Er hatte in diesem Schmugglerhaus tatsächlich einen Geheimgang entdeckt! Auf einmal hörte er, wie das Fenster im Zimmer aufsprang, und spürte einen starken Luftzug. Gleich darauf knallte die Geheimtür mit voller Wucht zu. Er richtete den Strahl seiner Taschenlampe darauf und versuchte, sie wieder zu öffnen.

Doch sie war fest verschlossen und ließ sich nicht bewegen, sosehr er sich auch anstrengte.

Anne erwachte vom lauten Getöse. Entsetzt schaute sie zum Fenster, durch das ein kräftiger Wind hereinwehte. Dann sprang sie auf und versuchte, es wieder zu schließen. Doch sie schaffte es nicht, weil der Wind mit aller Macht hereindrückte.

„Lenny! Hilf mir!", rief sie verzweifelt.

Niemand antwortete, und irgendwie gelang es ihr schließlich, das Fenster alleine zuzumachen.

Erleichtert lief sie zur Zimmertür und schaltete das Licht an. Sie blickte zur Luftmatratze ihres Bruders. Aber die war leer. Lenny war fort.

„Lenny? Wo bist du?", rief sie laut. War er vielleicht zur Toilette gegangen?

Da hörte sie plötzlich von der Wand her ein Klopfen. Dann ein seltsames Scharren, gefolgt von einem unheimlichen Flüstern: „Anne, Anne ..."

Ihr Herz begann zu rasen. Was war das? Spukte es hier etwa?

„Lenny!", rief sie erneut. „Wo bist du?"

In diesem Moment zuckte draußen ein Blitz über den Himmel. Und dann donnerte es so laut, dass das ganze Haus zu erbeben schien. Gleichzeitig setzte prasselnder Hagel ein, der gegen das Fenster schlug.

Anne hielt es nicht länger aus. Fluchtartig verließ sie das Zimmer …

Lenny klopfte an die Rückseite der Geheimtür und rief laut: „Anne! Huhu, hörst du mich?"

Er lauschte, doch nichts tat sich. Wahrscheinlich schlief seine kleine Schwester tief und fest. Also musste er einen anderen Ausgang finden. In welcher Richtung sollte er zuerst suchen?

Nach kurzem Zögern entschied er sich, die Eisenleiter hinaufzuklettern. Das war gar nicht schwer, denn an den Sprossen konnte man sich gut festhalten.

Als Lenny ein Stück weit geklettert war, ging es schließlich nicht mehr weiter. Über ihm war eine feste Platte – vermutlich eine Falltür. Er zog daran, aber sie ließ sich nicht öffnen.

Er wollte schon wieder umkehren, doch dann hatte er eine Idee. Womöglich handelte es sich nicht um eine Falltür, sondern um eine Klapptür, die nach oben aufging. Also nahm er beide Hände und stemmte sich mit ganzer Kraft dagegen. Diesmal hatte er Erfolg: Die Holzplatte gab nach und krachte gegen eine Wand.

Als Lenny nach oben leuchtete, sah er ein paar alte Kleider und verstaubte Anzüge. „Ich bin in einem Kleiderschrank gelandet!", murmelte er erstaunt.

Schnell kletterte er ganz hinauf, schob erst einmal die an einer Stange hängenden Anzüge und Kleider zur Seite und trat auf den Boden des Schranks. Dann tastete er die Innenwand ab. Er fand einen Spalt, und gleich darauf gelang es ihm, die Schranktür aufzustoßen.

Er verließ den Schrank und leuchtete mit der Taschenlampe ins Dunkle. Und plötzlich begriff er, dass er sich auf dem Dachboden des Schmugglerhauses befand. Er hatte soeben einen Geheimgang entdeckt, der direkt von seinem Zimmer auf den Dachboden führte!

Lenny dachte an die Wendeltreppe, die er weiter unten gesehen hatte. Sollte er nachschauen, wo man landete, wenn man dort hinunterging?

Nein, das konnte warten, beschloss er dann. Diesen Teil des Geheimgangs würde er mit Anne zusammen erkunden. Jetzt wollte er lieber wieder ins Bett gehen.

Zum Glück konnte er nun die breite Leiter benutzen, die vom Dachboden zum ersten Stock führte, und musste sich nicht mehr in den engen Schacht zwängen.

Lenny wollte schon hinuntersteigen, als ihm etwas einfiel: Wenn er schon einmal hier oben war, konnte er doch den nächsten Teil des Logbuchs aus der Kiste herausholen.

Gesagt, getan. Als er den ersten Stock erreicht hatte, stieß er auf Anne, die soeben das Schlafzimmer der Eltern verließ.

„Was hast du im Schlafzimmer gemacht?", wollte Lenny wissen.

„Ich hatte Angst und bin zu Papa und Mama ins Bett gekrochen. Die haben mich jetzt aber wieder weggeschickt. Wo warst du, Lenny?", jammerte sie. „Du warst plötzlich fort!"

„Das erzähle ich dir im Zimmer. Du wirst es mir nicht glauben ..."

Am anderen Morgen hatte sich der Sturm gelegt und die Sonne schien.

Als Lenny aufwachte, sah er, wie seine Schwester mit den Händen die Holzwand abtastete.

„Ach, bist du endlich wach, du Schlafmütze?", sagte sie neckisch. „Also, das mit dem Geheimgang glaube ich dir nicht! Das hast du dir sicherlich nur ausgedacht. Hier ist absolut nichts."

„Doch, den Geheimgang gibt es wirklich."

„Dann zeig ihn mir!"

Lenny zuckte mit den Schultern. „Ich habe leider keine Ahnung, wie sich diese Tür öffnen lässt."

„Ich will den Geheimgang aber auch sehen!", beharrte seine kleine Schwester.

„Wir können ja vom Dachboden aus durch den Schrank hineingehen. Was hältst du davon?"

Doch bevor Anne antworten konnte, hörten sie ihre Mutter laut rufen: „Anne! Lenny! Kommt zum Frühstück! Papa hat leckere Brötchen gekauft."

„Der Geheimgang kann warten", schlug Lenny vor. „Ich hab nämlich einen Bärenhunger."

„Ich auch", sagte Anne.

Schnell zogen sie sich an und liefen in die Küche, wo es nach heißem Kakao und leckeren Brötchen duftete. Papa und Mama saßen bereits am Tisch und warteten.

„Gut, dass der Sturm vorbei ist", meinte Anne, nachdem sie den ersten Schluck Kakao getrunken hatte. „Heute Nacht hatte ich ganz schön Angst!"

Mama schmunzelte. „Ja, und wie immer, wenn du Angst hast, bist du sofort in unser Zimmer gekommen und unter unsere Bettdecke geschlüpft."

„Seid ihr jetzt sauer auf mich?", fragte Anne ein wenig schuldbewusst.

„Aber nein!", versicherte Papa liebevoll.

„Als Kind hatte ich auch öfter Angst, besonders bei Gewittern", erklärte Mama. „Aber dann habe ich versucht, daran zu denken,

dass Gott noch viel stärker ist als der schlimmste Sturm. Und wenn Gott uns beschützt, brauchen wir eigentlich keine Angst zu haben."

„Ich weiß", sagte Anne kleinlaut. „Aber das vergesse ich immer wieder."

Mama griff zur Familienbibel, die auf dem Tisch lag. „Es hilft dir vielleicht, wenn du einen ermutigenden Bibelvers auswendig lernst. Den kannst du dir dann selber vorsagen, wenn du Angst bekommst. Ich lese dir mal eine meiner Lieblingsstellen aus der Bibel vor:

> *Wer unter dem Schirm des Höchsten wohnt, der kann bei ihm, dem Allmächtigen, Ruhe finden. Auch ich sage zum Herrn: Du schenkst mir Zuflucht wie eine sichere Burg! Mein Gott, dir gehört mein ganzes Vertrauen! (Psalm 91,1-2).*"

Mama schaute wieder auf. „Bei Gott kann man also genauso unter die Decke schlüpfen, wie du das heute Nacht bei uns gemacht hast, Anne. Mit der Zeit wirst du lernen, ihm immer mehr zu vertrauen."

„Und wenn du zu Gott flüchtest, dann weckst du niemanden auf, weil Gott immer wach ist", grinste Lenny.

Anne seufzte. „Hoffentlich denke ich das nächste Mal daran, wenn ich Angst kriege."

„Schreib dir diesen Bibelvers doch ab – auf ein großes Blatt Papier", schlug Mama vor. „Das hängst du dir dann über deinem Bett auf, sodass du es immer wieder anschauen kannst. Und irgendwann kannst du den Vers auswendig."

Papa blickte auf seine Uhr. „Kinder, esst eure Brötchen auf! Der Möbelwagen kommt bald."

Nach dem Frühstück lief Lenny in sein Zimmer und kehrte kurz darauf mit dem zweiten Teil des Logbuchs zurück. „Können wir die Geschichte von Käpten Wilbert Boynen Sturm weiterlesen? Hier ist die Fortsetzung."

„Wo hast du die denn so plötzlich her?", fragte sein Vater verwundert.

„Aus der Seefahrerkiste natürlich", sagte Lenny ganz lässig. Er hatte nicht vor, seinen Eltern zu erzählen, was er in der Nacht erlebt hatte. „Anne und ich sind schon ganz gespannt, wie es weitergeht."

Papa runzelte die Stirn und schaute erneut auf die Uhr. „Ich weiß nicht, ob wir Zeit dazu haben. Der Möbelwagen kommt spätestens in einer halben Stunde, und ich wollte vorher noch ein paar Sachen vorbereiten."

„Bitte!", bettelten Anne und Lenny gleichzeitig.

In diesem Moment läutete Papas Smartphone.

Er nahm das Gespräch entgegen: „Ja?"

„..."

„Was, Sie stecken im Stau? Wann werden Sie etwa hier sein?"

„..."

„Na, das kann ja heiter werden! Aber vielen Dank, dass Sie uns Bescheid gegeben haben. Auf Wiederhören!"

Papa legte sein Smartphone zur Seite und wandte sich an die Kinder. „Ihr habt Glück. Der Möbelwagen steht im Stau und kommt erst in etwa zwei Stunden. Wir haben also noch ein wenig Zeit."

Anne sprang vor Freude in die Luft. „Los, kommt! Wir setzen uns wieder vor den Kamin. Und Mama liest weiter vor ..."

4. DAS HAUS DER DIEBE

Safira zitterte vor Angst. Hatte man sie entdeckt? Würde sie jetzt ins Gefängnis kommen?

Direkt unter ihr beugte sich ein kräftiger, dunkelhaariger Mann aus dem Fenster. Er japste laut und schnappte nach Luft. Als dicker Qualm aus dem Fenster drang, begriff Safira, warum der Mann so hustete.

Schließlich drehte er sich wieder um und rief laut ins Zimmer hinein: „Emma! Mach sofort alle Fenster auf! Das ganze Haus stinkt nach Rauch, nur weil du den Kuchen im Holzofen hast verbrennen lassen."

„Tut mir leid, Jonte! Ich habe ihn total vergessen."

Jonte Hartog trat ein wenig zurück und schimpfte mit seiner Frau.

Safira atmete auf. Nein, man hatte sie nicht entdeckt. Sie konnte ein bisschen Dänisch, deshalb hatte sie verstanden, was der Hausherr gesagt hatte. Als Zirkus-Artistin hatte sie mehrere Sprachen gelernt, das war manchmal wirklich praktisch.

Und jetzt war die Luft rein, sodass Safira ihren Plan ausführen konnte: Sie schnellte nach oben und bekam eine Stange direkt unterhalb des Balkongeländers zu fassen. Daran hielt sie sich fest, während ihre Beine in der Luft baumelten.

Nun schwang sie ihre Beine hin und her, immer höher, wie an einem Reck. Und als sie genügend Schwung gesammelt hatte, machte sie einen gewagten Überschlag rückwärts. Mit beiden Füßen landete sie auf dem Balkon. Das war eines ihrer besten Kunststücke, die sie früher oft im Zirkus vorgeführt hatte.

Sie stieg auf das Geländer des Balkons, von da aus auf ein höher gelegenes Fenstersims und von dort aus direkt aufs Dach.

Oben angekommen kletterte sie bis zu einem Kamin, der aus dem Dach herausragte. Sie hatte es geschafft!

Boynen, Brummel und Seebär hatten alles mit angehaltenem Atem beobachtet. Als Safira oben war, hätten sie ihr am liebsten laut applaudiert und zugejubelt.

Aber sie mussten sich still verhalten. Denn die Fenster im Erdgeschoss der Villa waren geöffnet. Jedes kleine Geräusch konnte von innen gehört werden.

Sie mussten zwanzig Minuten warten, bis Jonte Hartog die Fenster wieder schloss und sich zu seiner Frau an den Esstisch gesellte.

Doch dann kam Teil zwei des Plans dran: Boynen nahm den Bogen, den er mitgebracht hatte, und visierte das Dach an. Er schoss einen Pfeil nach oben, an dem eine dünne Schnur befestigt war.

Der Pfeil landete direkt neben Safira, die ihn sich sofort schnappte, bevor er wieder hinunterfallen konnte. Dabei verlor sie jedoch das Gleichgewicht, plumpste mit dem Hinterteil auf die Dachziegel und rutschte nach unten.

Glücklicherweise konnte sie sich im letzten Augenblick abfangen, den Pfeil immer noch in der linken Hand haltend.

Sie kletterte das schräge Dach wieder hinauf bis zum Steinkamin. Dort setzte sie sich, löste die Schnur vom Pfeil und warf ihn hinunter in den Garten. Jetzt hielt sie nur noch die Schnur in der Hand, an deren Ende ein stabiles Tau angebunden war.

Dieses Tau zog sie nun zu sich aufs Dach, band es um den Kamin und gab Boynen ein Zeichen, dass es sicher befestigt war.

Boynen straffte das Seil von unten und knüpfte das andere Ende an einen Baum. Jetzt hatten sie eine Seilbrücke, die vom Baum bis aufs Dach reichte.

Er wandte sich an Seebär und Brummel: „Ihr passt auf, ob jemand kommt."

Dann schwang er sich ans Tau und hangelte sich aufs Dach hinauf. Dabei setzte er seine Hände und Füße geschickt ein, so wie er das als Seemann gelernt hatte.

Oben angekommen kauerte er sich neben Safira. „Dort ist ein kleines Dachfenster!", raunte er ihr zu. „Es ist geöffnet. Du wartest hier auf mich."

„Alles klar", sagte Safira, die ohnehin keine Lust hatte, in ein fremdes Haus einzusteigen.

Boynen zwängte sich durch das Dachfenster und gelangte auf den Dachboden der Villa, der komplett leer war. Es roch modrig.

Er wartete, bis sich seine Augen an die Dunkelheit gewöhnt hatten. Dann schlich er zur Leiter, die hinab in das obere Stockwerk führte.

Kurz darauf stand er in einem Flur, von dem mehrere Zimmer abgingen. Doch alle Türen waren geschlossen.

Boynen überlegte. Wo bewahrte dieser Gauner nur seine gestohlenen Schätze auf?

Er öffnete eine Tür, die aber leider nur ins Schlafzimmer führte. Wie es schien, gab es hier nichts Wertvolles. Nach und nach öffnete Boynen alle Türen des Obergeschosses und schaute in jedes Zimmer hinein. Aber nirgendwo fand er die gestohlenen Gegenstände, nach denen er suchte.

Hatte er sich etwa geirrt? Waren die wertvollen Seekarten seines Vaters womöglich gar nicht in dieser Villa?

Nein, das konnte nicht sein. Vielleicht lagerte Jonte sein Diebesgut ja im Keller.

Boynen ging leise die Treppe hinab. Aus der Dunkelheit heraus spähte er zum Esstisch, an dem die Hartogs saßen. Wie sollte er unbemerkt an ihnen vorbeikommen? Er war ratlos.

Da läutete plötzlich die Türglocke.

Etwas schwerfällig stand Jonte Hartog auf und öffnete.

Kurz darauf betrat ein finster gekleideter Mann das Esszimmer, legte einen Sack auf den Tisch und holte den Inhalt heraus.

Boynen klappte vor lauter Staunen der Unterkiefer herunter, als er sah, was dort ausgebreitet wurde.

Frau Hartog sprang auf und klatschte in die Hände. „Das sind die Kronjuwelen der Königin!", rief sie begeistert. „Sören, wie hast du die denn nur stehlen können?"

„Ich habe dafür Kopf und Kragen riskiert, das kannst du mir glauben!", erwiderte dieser. „Deshalb will ich auch, dass ihr mich ordentlich dafür belohnt."

Doch Jonte Hartog schüttelte den Kopf. „Tut mir leid, Sören, aber die Kronjuwelen lassen sich nur ganz schlecht weiterverkaufen. Es ist ein großes Risiko, sie hier zu haben. Wenn man sie bei uns findet, kommen wir für den Rest unseres Lebens ins Gefängnis."

Sören zuckte mit den Schultern. „Na gut, wenn ihr sie nicht haben wollt, dann nehme ich sie eben wieder mit."

Er packte alles wieder ein und tat so, als ob er gehen wollte.

Aber Jonte Hartog hielt ihn am Arm fest. „Moment mal! Ich habe nicht gesagt, dass ich sie nicht haben will. Ich habe nur gesagt, dass sie sich schlecht weiterverkaufen lassen."

Sören grinste ihn an. „Also, was bietest du mir? Und sei nicht zu kleinlich, sonst gebe ich sie einem anderen Hehler."

Der Hausherr ging zu einem Schrank, holte ein paar Goldmünzen aus einer Geldkassette und legte sie auf den Tisch. „Das hier kann ich dir geben, mehr nicht!"

Sören schüttelte den Kopf. „Das Doppelte, und wir sind im Geschäft!"

Fragend schaute Jonte Hartog zu seiner Frau hinüber, die ihm aufmunternd zunickte. Daraufhin zuckte er mit den Schultern, holte noch einmal die gleiche Menge Goldmünzen aus dem Schank und reichte sie Sören.

Der steckte sie grinsend ein und verabschiedete sich: „Bis zum nächsten Mal!" Dann verließ er das Haus.

Die Kronjuwelen, die auf dem Tisch lagen, funkelten im Licht.

Mit ernster Miene schaute Jonte seine Frau an, die das wertvolle Diebesgut hingerissen betrachtete. „Wir müssen das Zeug schnellstens ins Geheimversteck bringen. Wenn man die Kronjuwelen bei uns findet, sind wir geliefert!"

Sorgfältig packten sie den gestohlenen Schatz wieder in den Sack. Jonte öffnete eine Tür, die in den Keller führte, und stapfte die Treppe hinunter.

Jetzt wusste Boynen, dass Jonte Hartog sein Diebesgut tatsächlich im Keller aufbewahrte!

Er drehte sich um, stieg wieder auf den Dachboden und schaute zum Dachfenster hinaus. „Safira?"

„Ja, Boynen? Was ist? Hast du die Karten gefunden?"

„Noch nicht. Aber ich weiß jetzt, wo sie versteckt sind – nämlich im Keller. Wir müssen warten, bis die beiden im Bett sind. Kannst du bitte Seebär und Brummel Bescheid geben, dass es länger dauert?"

„Klar!", sagte Safira.

Vorsichtig rutschte sie nun nach unten, bis an den Rand des Dachs. Dort zog sie ein kurzes Seil aus der Tasche, das sie vorsorglich eingesteckt hatte. Sie legte es über das Tau, das vom Dach zum Baum führte. Dann ergriff sie die Enden mit beiden Händen und schwang sich wagemutig hinab, wie bei einer Seilbahn.

Im nächsten Moment wurde sie von Seebär und Brummel aufgefangen, damit sie nicht gegen den Baum prallte.

„Wie steht's?", fragte Brummel neugierig.

„Die gestohlenen Sachen befinden sich irgendwo im Keller. Und Boynen kann erst dort rein, wenn Herr und Frau Hartog eingeschlafen sind."

„Wenn's sein muss!", stöhnte Seebär, dem es gar nicht recht war, noch länger warten zu müssen.

Und sie mussten lange warten. Denn erst zwei Stunden später begaben sich Herr und Frau Hartog ins Bett und löschten die Lichter.

Sofort stieg Boynen die Leiter vom Dachboden herab und schlich am Schlafzimmer vorbei. Er wollte die Treppe erreichen, die ins Erdgeschoss führte.

Doch da öffnete sich plötzlich die Schlafzimmertür. Frau Hartog, die jetzt einen Morgenmantel trug, kam heraus und tapste genau auf ihn zu.

Boynen duckte sich und hoffte inständig, dass sie ihn im Dunkeln nicht entdecken würde.

Und er hatte Glück: Sie steuerte auf ein kleines Zimmer zu, in dem sich ein Plumpsklo befand. Ohne den ungebetenen Gast im Flur zu bemerken.

Boynen atmete erleichtert auf, schlich die Treppe hinunter und betrat das Esszimmer. Er öffnete die Tür zum Keller und wollte schon die Stufen hinuntersteigen, als ihm plötzlich einfiel, dass er Licht brauchte. Also zog er eine Kerze aus seiner Tasche, lief zu einer Öllampe im Esszimmer, die noch immer brannte, und zündete sie an.

Von oben konnte man hören, dass Frau Hartog den Raum mit dem Plumpsklo verließ. Aber anstatt zurück ins Schlafzimmer zu gehen, kam sie die Treppe herunter.

Eilig schaute Boynen sich um und überlegte, wo er sich verstecken konnte. Er pustete die Kerze wieder aus und duckte sich rasch hinter ein großes Sofa.

Frau Hartog betrat die Küche und wusch sich die Hände. Anschließend kehrte sie ins Schlafzimmer zurück.

Puh, das war noch mal gut gegangen! Boynen verließ sein Versteck, zündete erneut die Kerze an und schlich in den Keller. Er durchsuchte mehrere Räume, aber nirgendwo fand sich das Lager mit dem Diebesgut.

Wo hat Jonte Hartog die Sachen nur versteckt?, überlegte Boynen verzweifelt.

Auf einmal läutete die Haustürglocke, und wenig später hörte er jemanden ins Erdgeschoss herunterkommen. Es war Jonte Hartog, der nun die Haustür öffnete.

„Karl! Was machst du denn noch so spät hier? Es ist schon nach Mitternacht!"

„Tut mir leid, Jonte, aber ich wurde aufgehalten. Hier ist die Beute. Kannst du mir das Geld geben, damit ich gleich morgen früh unsere Leute bezahlen kann?"

Münzen klirrten und dann verabschiedeten sich die beiden Männer. Als Nächstes knarrte die Kellertür und Jonte Hartog kam die Treppe herab.

Blitzschnell machte Boynen die Kerze aus und versteckte sich hinter ein paar Kartoffelsäcken. Hoffentlich entdeckte ihn Jonte nicht!

Der hatte schon das Kellergeschoss erreicht. Aber plötzlich stutzte er und schnüffelte laut. „Warum riecht es hier nach Rauch?", murmelte er misstrauisch.

Er lief wieder nach oben und kam wenig später mit einer Pistole in der Hand zurück.

Und er betrat ausgerechnet genau den Raum, in dem Boynen sich gerade aufhielt.

5. Ein merkwürdiger Fund

Es klingelte an der Tür. Mama legte das Logbuch zur Seite. Papa stand auf und schaute aus dem Fenster. „Endlich, der Möbelwagen ist da! Wir lesen heute Abend weiter."

Lenny und Anne versuchten erst gar nicht zu protestieren, weil sie wussten, dass es zwecklos war.

In der nächsten halben Stunde gab es viel zu tun. Anne und Lenny halfen, wo sie nur konnten. Doch als alle Sachen im Haus waren, wurden die beiden nicht mehr gebraucht. Stattdessen standen sie immer mehr im Weg herum und störten die Erwachsenen bei der Arbeit.

„Am besten geht ihr beiden jetzt in eure Zimmer! Vielen Dank, dass ihr so gut mitgeholfen habt", meinte Mama schließlich.

Das ließen sich Anne und Lenny nicht zweimal sagen. Denn sie konnten es kaum erwarten, in Lennys Zimmer nach dem Geheimgang zu suchen.

„Also – wo ist diese Geheimtür?", fragte Anne wenig später. „Oder hast du dir das alles vielleicht doch nur ausgedacht, um mich zu beeindrucken?"

„Nein!", widersprach Lenny ärgerlich. „Den Geheimgang gibt es wirklich. Ich weiß nur nicht, wie man von meinem Zimmer aus reinkommt. Am besten gehen wir auf den Dachboden und betreten ihn von dort aus."

Anne schaute ihn mit ihren grünblauen Augen erwartungsvoll an. „Worauf warten wir noch?"

Hintereinander stiegen sie die Leiter zum Dachboden hinauf. Als sie oben waren, öffneten sie den Schrank, und Lenny zeigte Anne die Klapptür.

Verblüfft blickte sie in den schmalen Schacht hinein. „Du zuerst!", forderte sie Lenny auf. Wer konnte wissen, wie viele Spinnen es dort gab?

Auf so etwas hatte Lenny in der vergangenen Nacht natürlich überhaupt nicht geachtet. Doch nun nahm er grinsend einen herumliegenden Holzscheit in die Hand und ging voran. Während er die Leiter hinabstieg, entfernte er ringsum alle Spinnweben, die sich im Schacht befanden. Und als alles sauber war, folgte ihm Anne.

Unten angekommen zog Lenny seine Taschenlampe aus der Hosentasche, knipste sie an und zeigte auf eine Tür. „Das ist die Geheimtür zu meinem Zimmer. Aber ich weiß leider nicht, wie man sie aufbekommt."

Anne, die ein Talent hatte, Sachen zu entdecken, die niemandem auffielen, schaute sich ein wenig um. Und tatsächlich entdeckte sie einen kleinen, unscheinbaren Hebel an der Decke – genau zwischen zwei Holzbalken. Sie zog daran.

Da hörten sie, wie sich ein Bolzen in der Tür entriegelte. Der Zugang zu Lennys Zimmer war frei!

„Super, Anne! Diesen Hebel habe ich gestern Abend gar nicht bemerkt."

„Nun wissen wir wenigstens, wie man von hier aus die Tür öffnet", sagte sie zufrieden. „Jetzt müssen wir nur noch herausfinden, wie man von deinem Zimmer aus in den Gang kommt."

Lenny nickte. „Darum kümmern wir uns später."

Er zeigte auf die Wendeltreppe, die nach unten führte. „Ich will unbedingt noch herausfinden, wo man landet, wenn man da runtergeht."

Anne blickte skeptisch auf die vielen Spinnweben, die zwischen Tür und Treppe von der Decke herunterhingen. Aber bevor sie sagen konnte, wie sehr sie sich davor ekelte, hatte Lenny schon nach dem Holzscheit gegriffen und sie entfernt. „Der Weg ist frei“, grinste er.

„Du zuerst!“

„Klar!“

Lenny ging voran und Anne blieb ihm dicht auf den Fersen.

„Jetzt müssten wir im Erdgeschoss sein“, stellte Lenny gleich darauf fest.

Doch es ging noch tiefer hinab und sie stiegen bis ganz nach unten. „Jetzt sind wir im Keller!“, meinte Anne am Fuß der Wendeltreppe.

Eine schwere Holztür versperrte ihnen den Weg. Lenny griff nach der Eisenklinke und versuchte, die Tür zu öffnen. „Leider verschlossen“, sagte er etwas enttäuscht. „Hier geht es nicht weiter!“

Suchend schaute Anne sich nach einem Schlüssel um. Aber sie fand nichts. „Schade“, sagte sie. „Ich hätte gerne gewusst, was hinter dieser Tür ist.“

„Ich auch“, stimmte Lenny ihr zu. „Na, dann bleibt uns wohl nichts anderes übrig, als umzukehren.“

Sie stiegen die Treppe hinauf. Doch diesmal ging Anne voran. Sie wollte so schnell wie möglich diesen finsteren, etwas unheimlichen Gang verlassen.

Aber plötzlich blieb sie abrupt stehen.

Lenny, der ihr auf dem Fuß folgte, stieß sie von hinten an. „He, was ist los?“

Anne bückte sich und schaute in eine Nische hinein, die sich in der Wand befand. „Da steckt irgendetwas drin. Kannst du ...?“

Bevor sie zu Ende sprechen konnte, hatte Lenny den Gegenstand schon herausgezogen. Aber weil sich das Ding feucht anfühlte, ließ er es sofort fallen. „Äh, das ist ja total eklig!“

Er schauderte, doch dann hob er den Gegenstand wieder auf und schaute ihn sich genauer an. „Das ist eine Lederhaut, die zusammengerollt ist."

„Schade, ich dachte, wir hätten den Schlüssel gefunden", sagte Anne.

Lenny rollte das Leder auseinander und stutzte. „Da steht irgendetwas drauf, aber im Licht der Taschenlampe kann ich das nicht so gut lesen."

Anne fühlte sich mittlerweile immer unwohler. „Komm, wir gehen zurück ins Zimmer, Lenny."

„Na gut!"

Sie stiegen die restlichen Stufen hinauf und schlüpften durch die Geheimtür in Lennys Zimmer. Kaum waren sie drin, machte Lenny die Tür sorgfältig wieder zu.

„He, warum lässt du sie nicht offen?", fragte Anne.

„Vorsichtsmaßnahme." Lenny runzelte die Stirn. „Ich will nicht, dass Mama und Papa sie sehen."

„Und warum nicht?", erkundigte sich Anne verwundert.

„Sie haben uns doch schon davor gewarnt, in die Scheune reinzugehen. Und ich will verhindern, dass sie uns auch noch verbieten, den Geheimgang zu betreten."

„Das ist doch Quatsch", entgegnete Anne. „Mama und Papa verbieten uns doch nur Sachen, die wirklich gefährlich sind."

„Und wenn sie den Geheimgang auch gefährlich finden – was dann?"

Darauf hatte Anne keine Antwort.

Lenny setzte sich auf sein Bett und schaute neugierig auf das Lederstück, das Anne gefunden hatte. Die beugte sich nun ebenfalls darüber, sodass ihre langen blonden Haare auf den Text fielen.

„He, so kann ich aber nichts lesen."

„Ich will aber auch sehen, was da draufsteht", erklärte Anne. „Immer willst du alles alleine machen!"

„Das stimmt doch gar nicht."

„Doch!"

„Nein!"

„Doch!"

Anne hatte die Angewohnheit, dass sie immer recht behalten wollte, selbst dann, wenn sie – nach Lennys Meinung – klar im Unrecht war. Und Lenny fand, dass das jetzt wieder einmal der Fall war.

Um einen größeren Streit mit ihr zu vermeiden, beendete er den Wortwechsel mit einem Kompliment: „Wie wäre es, wenn du das machst, was du am allerbesten kannst?"

„Was denn?"

„Du versuchst herauszufinden, wie man die Geheimtür von hier aus öffnen kann."

„Du willst mich nur loswerden."

„Nein! Denk an das Ostereiersuchen im letzten Jahr. In der gleichen Zeit, in der ich gerade mal zwei Schokoeier gefunden habe, hattest du ganze zehn Eier beisammen, und dazu noch drei Osterhasen. Du kannst so etwas viel besser als ich."

Anne willigte ein. Und während sie den Raum absuchte, konnte Lenny in aller Ruhe die altdeutsche Schrift auf dem Lederstück entziffern. Sie war sehr kunstvoll, mit vielen Verzierungen.

Doch nach etwa fünf Minuten hatte er den Text endlich entschlüsselt. „Ich hab's!", rief er triumphierend. „Und wie sieht es bei dir aus? Hast du schon etwas gefunden?"

„Nein, leider noch nicht."

„Dann hör mal, was auf dem Leder steht:

Das ist der Bibelvers, lieber Boynen, an den ich mich in meiner schrecklichen Gefangenschaft geklammert habe: Rufe mich an in der Not, so will ich dich retten, und du sollst mir danken. Psalm 50, Vers 15.

Ja, Gott ist treu.

AvW"

Lenny runzelte die Stirn. „Wer das wohl geschrieben hat? Da stehen nur die Initialen AvW drunter."

Anne schaute ihn mit großen Augen an. „Mensch, Lenny! Weißt du, was das ist?"

„Ein Brief, was sonst?"

„Na, nicht nur irgendein x-beliebiger Brief. Lies noch einmal vor, an wen er gerichtet ist."

Lenny begann, den ersten Satz erneut zu lesen: „Das ist der Bibelvers, lieber Boynen ..."

An dieser Stelle hielt er inne und schlug sich mit der Hand vor die Stirn. „Du meinst, dieser Brief wurde an *unseren* Boynen – also an Käpten Wilbert Boynen Sturm – geschrieben?"

„Klar, an wen sonst?", rief Anne begeistert. „Oder kennst du sonst noch jemanden, der Boynen heißt? Dieser Name ist ja so was von selten."

Lenny schüttelte den Kopf. „Stimmt, diesen Namen gibt es wahrscheinlich nur ein einziges Mal auf der Welt. Aber das heißt ..."

Anne nickte. „Ja, Lenny, das heißt, dass Käpten Wilbert Boynen Sturm wirklich in diesem Haus gelebt hat."

„Genau, sonst wäre dieser Brief nicht hier. Wir sind also tatsächlich in das Haus gezogen, in dem Käpten Sturm gewohnt hat!", staunte Lenny.

Anne hüpfte vor Aufregung im Zimmer umher. „Ja! Das ist wirklich das Haus, in dem Käpten Sturm, Safira, Brummel und Seebär zusammengewohnt haben!"

Und wo habt ihr das gefunden?", fragte Papa, der mit Mama zusammen bei Kaffee und Kuchen am Kamin saß. Beeindruckt musterte er das Lederstück, das Lenny ihm soeben gezeigt hatte.

Anne wollte schon verraten, dass sie es in einem Geheimgang entdeckt hatten, aber Lenny kam ihr schnell zuvor. „Anne ist ein Genie. Die findet einfach alles", erklärte er ausweichend.

Papa übergab das Lederstück seiner Frau, die sofort laut vorlas:

> *Das ist der Bibelvers, lieber Boynen, an den ich mich in meiner schrecklichen Gefangenschaft geklammert habe: Rufe mich an in der Not, so will ich dich retten, und du sollst mir danken. Psalm 50, Vers 15.*
>
> *Ja, Gott ist treu.*
>
> *AvW*

Nachdem sie es gelesen hatte, schaute sie auf. „Einen schönen Brief habt ihr da gefunden. Vor allem der Bibelvers und der letzte Satz gefallen mir."

„Mir auch", sagte Lenny. „He! Die Zahlen 50-15 klingen ja fast wie die Telefonnummer von Opa und Oma. Die haben die Nummer 50 16."

Mama lächelte. „Da hast du recht. 50 15 ist nämlich die Telefonnummer von Gott!"

Verblüfft schauten Anne und Lenny ihre Mutter an.

Die sprach weiter: „Ist euch das nicht aufgefallen? In diesem Vers steht ausdrücklich, dass wir Gott anrufen sollen."

Lenny nickte langsam. „Stimmt!"

„Offenbar hat der Absender dieses Briefes das getan und dann auch tatsächlich Hilfe von Gott bekommen", meinte Mama. „Das ist sehr ermutigend."

„50 15 ist also wirklich Gottes Telefonnummer", stellte Anne fest.

Lenny kicherte. „Das müssen wir uns unbedingt merken! Es könnte ja sein, dass wir auch mal in Not geraten." Er ahnte nicht, wie bald ihm das passieren würde.

„Kommt, wir hängen den Brief hier im Esszimmer auf", schlug Papa vor. „Dann werden wir diesen Vers nie mehr vergessen."

Damit waren alle einverstanden.

Plötzlich fiel Lenny etwas ein. „Apropos *vergessen* ... Bevor ich es noch vergesse – wisst ihr, was Anne und ich glauben?"

Seine Eltern schauten ihn fragend an und Lenny fuhr fort: „Dass dieser Käpten Wilbert Boynen Sturm *hier* in *unserem* Haus gelebt hat."

„Na, dann sollten wir unbedingt in *seinem* Haus auch *sein* Logbuch weiterlesen!", meinte Mama. „Habt ihr Lust dazu?"

„Klar!", riefen Anne und Lenny gleichzeitig.

Und so setzten sie sich wieder zusammen vor den warmen Kamin und lauschten, was Mama aus dem Logbuch vorlas ...

6. ERWISCHT

Jonte Hartog betrat den Raum, in dem Boynen sich aufhielt. In einer Hand hielt er eine Öllampe, in der anderen eine Pistole. „Hände hoch!", rief er laut. „Sonst schieße ich!"

Aber Boynen rührte sich nicht, sondern blieb mucksmäuschenstill. Er hatte sich einen leeren Jutesack über den Kopf gezogen und sich hinter einigen Kartoffelsäcken versteckt.

Jonte wiederholte die Drohung und richtete seine Waffe auf die Kartoffelsäcke.

Als sich dort aber nichts bewegte, senkte er die Pistole wieder. „Ich sehe noch Gespenster", murmelte er leise vor sich hin.

Boynen fiel ein Stein vom Herzen. Aber dann hatte er ein anderes Problem: Es kitzelte ihn ganz furchtbar in der Nase, und er merkte, dass er gleich niesen musste. Schnell drückte er sich mit Daumen und Zeigefinger die Nase zu, worauf der Niesreiz glücklicherweise nachließ.

Durch die winzigen Löcher im Jutesack konnte er Jonte beobachten. Der war immer noch im Raum und schien nun auf eine ganz bestimmte Stelle im Boden zu treten.

Zu Boynens Überraschung war plötzlich ein Geräusch zu hören: Eine geheime Tür in der Holzwand öffnete sich einen Spalt weit.

Jonte schob sie noch weiter auf. Da konnte Boynen durch die kleinen Löcher im Sack sehen, dass sich hinter dieser Tür ein geheimer Raum befand.

Darin verstaute Jonte Hartog nun den Sack mit den gestohlenen Gegenständen. Dann trat er wieder heraus, schloss die Tür und verließ den Kellerraum.

Boynen wartete noch eine Zeit lang, bevor er sich den Sack vom Kopf streifte. Danach atmete er erst einmal tief durch. Um sicher zu sein, dass Jonte wirklich fort war, lauschte er noch einmal angestrengt.

Aber schließlich holte er seine Kerze hervor, ging wieder hinauf und entzündete sie ein zweites Mal an der Öllampe im Esszimmer. Erneut spitzte er die Ohren. Doch niemand war zu hören – zum Glück.

Also machte Boynen kehrt und stieg wieder hinunter in den Keller. Dort suchte er in dem Raum mit den Kartoffeln den Boden ab. Hier musste es eine Stelle geben, auf die man treten musste, um die Geheimtür zu öffnen.

Boynen stampfte auf mehrere Pflastersteine, doch nichts tat sich.

Nach einiger Zeit hielt er inne und runzelte die Stirn. Es war ihm ein Rätsel, denn er war sicher, dass er mittlerweile auf jeden Stein im Boden getreten hatte, und zwar mindestens genauso fest wie Jonte Hartog.

Was sollte er tun?

Seufzend schloss er die Augen und rief sich noch einmal ganz genau ins Gedächtnis, was er vorhin gesehen hatte: Jonte war in den Raum gekommen und hatte seine Waffe auf die Kartoffeln gerichtet. Danach hatte er die Waffe wieder gesenkt, war zu einer bestimmten Stelle im Raum gegangen und hatte mit dem rechten Fuß auf den Boden gestampft.

Boynen schlug sich an den Kopf – nein, Jonte hatte zuerst noch die Öllampe abgestellt und dann seine linke Hand in die Luft gestreckt. Und dann war er beim Stampfen sogar ein Stück weit in die Luft gesprungen.

Schnell schaute Boynen nach oben und sah über sich vier Balken, die aufeinander zuliefen. In der Mitte dieser Balken war ein quadratisches Holzstück, das den Balken ähnelte. Nur stand es ein wenig weiter aus der Wand heraus.

Weil Jonte Hartog nicht gerade ein großer Mann war, reichte sein Arm nicht bis an die Decke. Er musste springen, um diese Stelle zu berühren.

Boynen war größer und konnte problemlos dieses quadratische Holzstück erreichen und nach oben drücken.

Und endlich hörte er das gewünschte Geräusch: Die Geheimtür öffnete sich.

Rasch betrat er den geheimen Raum. Er enthielt viele Weinregale, auf denen aber keine Weinflaschen lagen, sondern alle möglichen Gegenstände, die von der Diebesbande gestohlen worden waren. Wo waren die wertvollen Seekarten seines Vaters?

Boynen durchsuchte Regal für Regal. Und je mehr er sah, umso erstaunter wurde er: Hier lagerte Diebesgut von ungeheurem Wert. Allein die Kronjuwelen der Königin, die sich ebenfalls hier befanden, stellten ein Vermögen dar.

Endlich, nach längerem Suchen, fand Boynen schließlich, wonach er Ausschau gehalten hatte: ein Rohr, in dem die aufgerollten Seekarten seines Vaters steckten.

Zufrieden nahm er das Rohr aus dem Regal, machte kehrt und verließ das geheime Lager. Er schloss die Tür wieder und wollte soeben aus dem Keller gehen.

Doch da stand auf einmal Jonte Hartog vor ihm und richtete seine Pistole auf ihn. „Hab ich dich erwischt! Was machst du in meinem Keller?"

Draußen warteten Seebär und Brummel ungeduldig darauf, dass Boynen endlich aus dem Haus kam.

„Was macht er nur so lange?", fragte Seebär und kraulte nervös seinen Vollbart.

„Der sucht die Karten." Brummel zuckte mit den Schultern. „Was sonst?"

„Das weiß ich selber! Aber ich mache mir langsam Sorgen. Hoffentlich ist er nicht erwischt worden."

„Das hoffe ich auch."

In diesem Moment hörten Seebär und Brummel hinter sich eine forsche Stimme: „Da sind sie, die Übeltäter!"

Die beiden Matrosen drehten sich überrascht um. Vor ihnen standen zwanzig Soldaten, die alle ihre Gewehre auf sie richteten.

Ein Mann trat vor. Boynen und Seebär erkannten sofort, dass es der Kommandant der Soldaten war. „Endlich haben wir euch gefunden! Rührt euch nicht vom Fleck, sonst durchlöchern wir euch!"

„Was wollt ihr von uns?", fragte Seebär verwundert.

„Ihr seid verhaftet."

Brummel protestierte: „Aber warum? Wir haben gar nichts angestellt."

„Tu nicht so blöd! Ihr habt die Juwelen der Königin gestohlen."

„Nein, das haben wir nicht", widersprach Seebär energisch. „Wir sind ehrliche, friedliche Seeleute."

„Mund halten!", fuhr ihn der Kommandant an. „Ihr seid die Diebe, daran besteht kein Zweifel. Ein Zeuge, der den Diebstahl beim Palast beobachtet hat, ist euch bis hierher gefolgt. Rückt also sofort die gestohlenen Juwelen raus!"

Brummel schüttelte den Kopf. „Juwelen? Welche Juwelen? Wir haben nichts damit zu tun."

„Und was macht ihr dann hier in der Dunkelheit? Nein, ich bin mir sicher, dass ihr die Diebe seid! Wir sperren euch ins Gefängnis. Und dort werden wir schon aus euch herausquetschen, wo ihr die Juwelen versteckt habt. Mitkommen, und keine Widerworte mehr!", befahl der Kommandant streng.

Safira war schon einige Zeit vorher wieder aufs Dach geklettert, um dort auf Boynen zu warten. Doch allmählich wurde sie ungeduldig. Wo blieb er nur?

Weil sie keine Lust hatte, noch länger untätig herumzusitzen, kletterte sie schließlich durchs Dachfenster auf den Dachboden. Dort lauschte sie ein paar Sekunden.

Nichts war zu hören. Es war totenstill. Keine Spur von ihrem geliebten Käpten Sturm. Wahrscheinlich war er noch unten im Keller und suchte nach dem Diebesgut.

Auf Zehenspitzen lief Safira zu der Leiter, die ins Obergeschoss der Villa führte, und schaute hinunter.

Auch dort war es still und stockdunkel. Bestimmt schliefen Herr und Frau Hartog tief und fest.

Safira kletterte die Leiter hinab und wollte gerade ins Erdgeschoss schleichen, als sich hinter ihr plötzlich eine Tür öffnete.

Dann hörte sie eine barsche Frauenstimme: „Stehen bleiben, du Einbrecherin, sonst drücke ich ab. Und du kannst sicher sein, dass ich aus dieser Entfernung nicht vorbeischieße."

Safira lief es heiß und kalt den Rücken hinunter. Sie war erwischt worden!

„Und jetzt zeigst du mir dein Gesicht!", befahl die Frau.

Mit erhobenen Händen drehte Safira sich langsam um und sah, dass Frau Hartog sie grimmig anstarrte. Aus dem Schlafzimmer drang das Licht einer Öllampe, in dem das Metall einer kleinen Pistole funkelte.

„Du brauchst gar nicht so doof zu gucken! Die Waffe ist geladen!", schimpfte Frau Hartog.

Ihre schrille Stimme ging Safira durch Mark und Bein.

„Wie kann man nur so dreist sein und in unser Haus eindringen? Aber nicht mit mir!", zeterte Frau Hartog weiter.

Safira ärgerte sich über sich selber. Warum hatte sie sich nur erwischen lassen? Sie hätte das Haus doch gar nicht betreten müssen!

Doch jetzt war es zu spät. Sie konnte nichts mehr daran ändern.

War jetzt alles verloren? Würde sie ins Gefängnis kommen?

Und wo war Käpten Sturm? Hatte man ihn etwa auch ertappt?

7. Wo ist die Fortsetzung?

Lenny, Anne und Papa schauten erwartungsvoll auf Mama, die plötzlich innehielt.

Doch anstatt nach einer kurzen Pause weiterzulesen, zuckte sie mit den Schultern. „Hier ist das Logbuch zu Ende. Ganz zum Schluss steht aber noch Folgendes:

Nur wer nicht aufgibt, findet schließlich, wonach er sucht. Manchmal ist es so, als ob man eine Nadel im Heuhaufen suchen müsste. Suche deshalb an der richtigen Stelle!

Käpten Wilbert Boynen Sturm

Das klingt doch geheimnisvoll! Findet ihr nicht auch? Was soll das wohl heißen?"

Papa meinte, die Antwort zu wissen: „Na, dass wir schleunigst nach der Fortsetzung suchen sollten! Was sonst? Lenny, Anne, am besten geht ihr gleich nach oben und sucht in der Kiste nach dem nächsten Stapel Papier. Denn ich möchte unbedingt wissen, wie es weitergeht."

Das ließen sich Anne und Lenny nicht zweimal sagen. Sie kletterten auf den Dachboden und schalteten die schwache Deckenlampe ein. Dann öffneten sie die Kiste und suchten nach weiteren beschriebenen Seiten.

Aber zu ihrem großen Ärger fanden sie nichts.

„Das darf doch wohl nicht wahr sein!", schimpfte Lenny. „Wo ist die Fortsetzung?"

Sie wühlten noch ein wenig in der Kiste herum. Doch letztendlich mussten sie aufgeben. Traurig kehrten sie in die Küche zurück, wo ihre Eltern sie erwartungsvoll anschauten.

„In der Kiste gibt es kein weiteres Logbuch", jammerte Anne. „Wir haben sie ein paarmal durchsucht. Nichts!"

„Vielleicht liegt der nächste Teil ja an einer anderen Stelle auf dem Dachboden", sagte Papa. „Was hat Käpten Sturm geschrieben? *Wer nicht aufgibt, findet schließlich, wonach er sucht.*"

Also machten Anne und Lenny wieder kehrt und durchkämmten jeden Winkel des Dachbodens. Doch es nützte nichts – nirgends war ein Stapel beschriebenes Papier zu entdecken.

Mit hängenden Köpfen kamen sie zurück.

„Wir schauen morgen mal gemeinsam nach!", versuchte Mama, den beiden Mut zu machen. „Vielleicht finden wir die Fortsetzung der Geschichte ja doch noch irgendwo."

„Das hoffe ich sehr!", sagte Papa.

Lenny nahm das Logbuch in die Hand und blätterte bis zur vorletzten Seite. Laut wiederholte er die letzten Sätze der Geschichte und las dann den Rat, der ganz zum Schluss stand.

Plötzlich stutzte er. „Was ist denn das da?", fragte er und zeigte auf ein paar Buchstaben. „Das hast du uns aber nicht vorgelesen."

„Du hast recht", sagte seine Mutter. „Warum sollte ich diese Buchstaben vorlesen? Die sind offenbar ganz willkürlich da hingekritzelt worden. Sie ergeben überhaupt keinen Sinn."

„Das glaube ich nicht, dass Käpten Sturm irgendetwas Überflüssiges in sein Logbuch schreibt", widersprach Lenny.

Papa zuckte mit den Schultern. „Vielleicht handelt es sich ja um ein Rätsel."

Lenny nickte. „Könnte sein. Ich werde mir das mal in Ruhe anschauen. Vielleicht finde ich etwas heraus."

Schnell ging er in sein Zimmer. Dort legte er das Logbuch auf seinen Schreibtisch, setzte sich davor und grübelte.

Anne war ihm gefolgt und betrachtete ebenfalls die rätselhaften Buchstaben. „Sind das vielleicht Wörter aus einer anderen Sprache?", fragte sie nachdenklich.

„Das glaube ich nicht", meinte Lenny stirnrunzelnd. „Ich bin mir sicher, dass es eine geheime Nachricht ist. Wir müssen nur noch herausfinden, welchen Code Käpten Sturm verwendet hat."

„Kannst du die Buchstaben mal in Druckschrift auf ein Stück Papier schreiben? Dann kann ich mitdenken", schlug Anne vor.

Lenny nahm ein Blatt Papier und einen Füller zur Hand. „Na gut!"

Gleich darauf las seine Schwester:

Robga mubg cal Fagaelmer caq Jersa

„Vielleicht ist das Alphabet ja verschoben", überlegte sie. „Vielleicht müssen wir ja jeden Buchstaben einfach nur durch den nächsten Buchstaben im Alphabet ersetzen."

„Dann wäre das R ein S und das O ein P ..." Lenny schrieb den Text Buchstabe für Buchstabe um:

Spchb nvch dbm Gbhbfmnfs dbr Kfstb

„Nein, das geht gar nicht." Anne schüttelte den Kopf.

„Stimmt! Vorher hatten wir wenigstens noch Vokale dabei, also A, E, I, O und U. Aber hier sind nur noch Konsonanten im Text. Und wenn wir es andersherum versuchen?"

„Dann wäre das R ein Q, das O ein N und so weiter", sagte Anne.

Lenny probierte es und ersetzte jeden Buchstaben durch seinen Vorgänger im Alphabet:

Qnafz ltaf bzk Ezfzdkldq bzp Idqrz

„Funktioniert auch nicht!", stöhnte er genervt.

Ratlos sahen die Geschwister einander an, bis Lenny das Logbuch schließlich beiseitelegte.

„Schade!", seufzte Anne. „Aber wir sollten nicht aufgeben. Vielleicht fällt uns morgen noch etwas ein."

Lennys Blick fiel auf die Geheimtür, die er zuvor wieder geschlossen hatte, damit sie von den Eltern nicht entdeckt wurde. „Vielleicht finden wir jetzt heraus, wie sich die Geheimtür von hier aus öffnen lässt."

„Zwecklos! Wir haben heute Nachmittag schon alles abgesucht", widersprach Anne.

Lenny grinste verschmitzt. „Erinnerst du dich daran, wie Käpten Sturm die Geheimtür im Haus der Diebe geöffnet hat?"

„Ja, er hat auf ein Stück Holz in der Decke gedrückt!"

Beide blickten gleichzeitig zur Zimmerdecke, die mit Holzbalken durchzogen war.

Lenny deutete auf eine Stelle, die sich genau zwischen zwei Balken befand. „Schau mal. Siehst du, was ich sehe?"

Anne nickte. „Ein quadratischer Vorsprung, wie in Käpten Sturms Geschichte."

„Und es ist genau die Stelle, wo gestern das Spinnennetz hing."

„Stimmt! Du hast einen Besen geholt und es für mich entfernt. Wahrscheinlich hast du dabei, ohne es zu merken, die Geheimtür geöffnet."

„Eben! Und weißt du, was ich jetzt mache?"

Anne schaute ihn erschrocken an, weil sie ahnte, was er vorhatte. „Du willst doch nicht etwa diesen ekligen Besen holen, an dem immer noch die Spinnweben kleben?"

„Doch, genau den", grinste Lenny, verschwand und kam nach wenigen Minuten wieder zurück.

Anne schaute skeptisch auf die Borsten, an denen sie die Spinnweben vermutete.

Lenny lachte. „Du brauchst keine Angst zu haben. Ich habe den Besen draußen sauber gemacht."

Vor lauter Erleichterung stieß Anne hörbar die Luft aus.

„Bitte!", sagte Lenny demonstrativ, weil er eigentlich mal ein „Danke" von seiner kleinen Schwester erwartet hatte. Aber das kam nicht, obwohl er nur ihr zuliebe den Besen gereinigt hatte. Lenny mochte Anne sehr. Doch manchmal ärgerte er sich auch über sie.

Nun packte er den Besenstiel mit beiden Händen und drückte damit fest gegen das quadratische Stück Holz in der Decke.

Da war es: das mechanische Geräusch, das sie hören wollten. Und tatsächlich öffnete sich sogleich auch die Tür.

„Bingo!", rief Lenny begeistert. „Wenigstens dieses Rätsel haben wir gelöst."

„Super, Lenny. Wollen wir noch einmal durch den Geheimgang auf den Dachboden gehen und weitersuchen? Es ist ja noch nicht so spät."

Lenny schüttelte den Kopf. „Mir kommt da gerade eine bessere Idee."

„Welche?", wollte Anne wissen.

Doch Lenny antwortete ihr nicht, sondern nahm das Logbuch zur Hand und las noch einmal laut den Text auf der letzten Seite vor:

Nur wer nicht aufgibt, findet schließlich, wonach er sucht. Manchmal ist es so, als ob man eine Nadel im Heuhaufen suchen müsste. Suche deshalb an der richtigen Stelle!

Käpten Wilbert Boynen Sturm.
Robga mubg cal Fagaelmer caq Jersa.

„Was hast du denn nun für eine Idee?", fragte Anne.

„Wir müssen die Nadel im Heuhaufen suchen. Weißt du, wo der nächste Heuhaufen ist?"

Anne schaute durchs Fenster nach draußen. Obwohl es noch nicht einmal achtzehn Uhr war, dämmerte es bereits. Anne mochte den Gedanken überhaupt nicht, in der Dunkelheit nach draußen zu gehen. „Vermutlich in der Scheune, oder?"

„Genau! Ich bin mir sicher, dass dort die Fortsetzung ist. Käpten Sturm sagt ja auch, dass wir an der richtigen Stelle suchen müssen. Komm, wir fangen gleich damit an."

„Das ist aber keine gute Idee. Papa und Mama haben uns doch ausdrücklich verboten, in die Scheune zu gehen", protestierte Anne.

„Ja, aber sie haben von gefährlichen Geräten gesprochen. So etwas werden wir gar nicht anfassen, sondern nur im Heu nachschauen. Vielleicht finden wir ja dort noch eine andere Seefahrerkiste. Also, kommst du jetzt mit oder nicht?"

Anne zögerte. Doch weil sie neugierig war, folgte sie ihrem Bruder tatsächlich.

Sie nahmen ihre Taschenlampen mit und schlichen sich durch die Hintertür aus dem Haus. Draußen schrie eine Eule, was Anne ziemlich unheimlich fand. Im Gegensatz zu ihr schien Lenny jedoch überhaupt keine Angst zu haben.

Nach ein paar Metern standen sie vor der Scheune.

„Sollen wir da wirklich reingehen?", fragte Anne zweifelnd.

„Aber natürlich. Wir müssen uns nur von den gefährlichen Geräten fernhalten. Dann passiert uns nichts."

Er öffnete das Tor und betrat den Schuppen. Anne blieb ihm dicht auf den Fersen, weil sie nicht alleine draußen bleiben wollte.

„Dort vorne ist ein Heuhaufen. Hilf mir mal, das Heu wegzuschieben."

Anne schüttelte den Kopf. „Nein, Lenny, ich will zurück ins Haus. Es ist nicht richtig, dass wir hier sind."

„Na, dann geh doch, du Angsthase", lachte Lenny sie aus. „Dann suche ich eben alleine nach dem nächsten Teil des Logbuchs."

Während er anfing, das Heu zur Seite zu schaffen, lief Anne zurück zum Scheunentor. Von dort aus schaute sie unsicher zum Haus hinüber. Sie traute sich nicht, alleine durch die Dunkelheit zu gehen, deshalb blieb sie im Tor stehen.

Plötzlich hörte sie draußen ein Rascheln. Sie schaute in die Richtung, aus der das Geräusch gekommen war. Da war etwas! Nur wenige Meter von ihr entfernt bewegte sich etwas. Ihr Herz klopfte laut vor Aufregung.

Und dann sah sie einen dunklen Schatten auf sich zukommen. Anne erstarrte beinahe vor Schreck ...

Lenny holte tief Luft. Es war anstrengend, das Heu zur Seite zu schieben. Immer mehr Staub stieg ihm in die Nase, sodass er gar nicht mehr richtig atmen konnte.

Ihm wurde schwindlig, und er überlegte, ob er sich für einen Moment hinsetzen sollte.

Aber vielleicht stand er ja kurz davor, eine weitere Seefahrerkiste zu entdecken? Papa, Mama und Anne würden Augen machen!

Während er noch darüber nachdachte, wie sehr die anderen staunen würden, trat er plötzlich ins Leere. Auf einmal gab es keinen Boden mehr unter seinen Füßen.

Laut schreiend sackte er durch das Heu hindurch und verschwand in einem tiefen Loch ...

8. In der Scheune

Anne? Bist du es?"

Als Anne die Stimme ihres Opas erkannte, fiel ihr ein Stein vom Herzen. „Opa Abraham!" Sie rannte auf ihn zu und nahm ihn in den Arm. „Ich bin so froh, dass du es bist!"

„Was machst du denn alleine hier bei der Scheune?", fragte der Opa nach einer herzlichen Begrüßung. „Haben dir deine Eltern nicht gesagt, dass du da lieber nicht reingehen solltest?"

„Ja, sie haben es Lenny und mir sogar ausdrücklich verboten. Aber Lenny hat es trotzdem getan. Und gerade habe ich ihn schreien hören. Opa – bitte –, wir müssen schauen, ob ihm etwas passiert ist!"

Beide rannten in die Scheune hinein und riefen laut: „Lenny? Lenny, wo bist du?"

Keine Antwort.

„Lenny! Sag doch etwas!"

Anne zeigte auf die Stelle, wo sie ihren Bruder zuletzt gesehen hatte. „Dort war er gerade noch. Jetzt ist er nicht mehr da."

Opa Abraham schaute Anne ernst an. „Ich hoffe, dass er nicht in ein Kellerloch gestürzt ist, das nicht richtig abgedeckt war. Das könnte es in so einem alten Schuppen durchaus geben."

„Lenny!", schrie Anne aus Leibeskräften.

Plötzlich hörten sie ein leises Stöhnen.

Anne hatte ein gutes Gehör und deutete nun auf einen Punkt neben einem großen Heuhaufen. „Opa, dort müsste er sein! Ich habe ein Geräusch gehört."

„Du bleibst hier stehen", befahl Opa Abraham.

Dann robbte er auf dem Bauch voran bis zu der Öffnung, durch die Lenny kurz zuvor hindurchgefallen war. „Lenny! Bist du da unten?“

„Ja!“, stöhnte dieser. „Ich stecke fest und komme nicht mehr hoch!“

Schnell kroch Opa Abraham zurück, lief zum Eingang der Scheune und holte ein langes Seil. Er band es an einem Balken fest und machte am anderen Ende eine Schlaufe, die er fest verknotete. Dann ließ er das Seil mit der Schlaufe voran ins Loch hinunter.

„Los, streif dir das Seil so über den Oberkörper, dass es unter deinen Achseln klemmt. Dann können wir dich hochziehen.“

Lenny musste sich anstrengen, weil es in der Grube so eng war, dass er kaum seine Arme bewegen konnte. Aber schließlich gelang es ihm, in die Schlaufe zu schlüpfen. Mit beiden Händen hielt er sich nun am Seil fest.

Opa Abraham und Anne gaben sich große Mühe, um den Verunglückten bis zum Rand der Öffnung heraufzuziehen. Und als sie es geschafft hatten, krabbelte Lenny vollends heraus ...

Etwas später saßen Lenny, Anne, Papa und Mama mit Opa Abraham und Oma Sarah am Kamin.

Lenny war froh, dass er sich bei dem Sturz nicht verletzt hatte. Das war eigentlich ein Wunder, wenn er es sich richtig überlegte. Aber jetzt würden ihn seine Eltern bestimmt heftig ausschimpfen und bestrafen.

Doch die sagten kein Wort. Traurig starrten sie in die Flammen des Kaminfeuers und dachten nach.

Lenny ärgerte sich über sich selbst. Er wusste, dass er etwas ganz Dummes getan hatte. Aber das Schlimmste war, dass keiner mit ihm redete. „Sagt doch etwas", bat er kleinlaut. „Warum seid ihr alle so still?"

„Was sollen wir sagen? Du hättest dir leicht ein paar Knochen brechen oder sogar sterben können", erklärte sein Vater leise.

Mama nickte und sah ihn eindringlich an. „Lenny, warum bist du nur in die Scheune gegangen, obwohl wir es verboten hatten?"

Als er nicht sofort antwortete, fuhr sie fort: „Du weißt doch, dass wir dir nicht ohne Grund etwas verbieten. Warum vertraust du uns nicht?"

Lenny wusste nicht, was er sagen sollte.

Daraufhin nahm Mama seine Hand in ihre. „Wir reden morgen weiter darüber, okay?"

„Worauf du dich verlassen kannst!", fügte Papa streng hinzu.

Lenny hatte vor Scham einen dicken Kloß im Hals und war unfähig, etwas zu sagen.

Oma Sarah schaute ihn mitfühlend an. Sie merkte, dass ihr Enkel sich sehr unbehaglich fühlte, deshalb lenkte sie schnell ab: „Opa verrät euch jetzt, warum wir beide heute Abend zu euch gekommen sind."

Opa Abraham räusperte sich. „Eure Mama hat mir am Telefon von diesem Käpten Sturm erzählt. Sie meinte, dass ihr ein wenig Unterstützung gebrauchen könntet. Vielleicht kann ich euch ja helfen, die Fortsetzung der Geschichte zu finden. Anne, gehst du mal und holst das Logbuch? Ich würde mir gerne dieses Rätsel anschauen."

Sofort sprang Anne auf und verließ den Raum.

Nach kurzer Zeit kehrte sie mit einem Stapel Papier zurück. „Hier ist es."

Opa Abraham nahm das Logbuch in die Hand, blätterte zur letzten Seite und las laut vor:

Robga mubg cal Fagaelmer caq Jersa

Dann zog er die Stirn kraus und dachte nach – dabei fuhren seine Finger wieder und wieder über die merkwürdigen Buchstaben.

Nach fünf Minuten lächelte er strahlend. „Ich hab's!"

„Was hast du?", fragte Oma Sarah neugierig.

„Die Lösung!"

Er legte das Logbuch für alle sichtbar auf den Tisch. Dann holte er einen Bleistift und einen Notizblock aus seiner Tasche und schrieb nun einen Buchstaben nach dem anderen aufs Papier.

Gleichzeitig erklärte er den anderen den Lösungsweg: „Es ist eine Geheimschrift, bei der die Buchstaben des Alphabets verschoben wurden."

Anne schüttelte den Kopf. „Nein, das haben wir schon probiert – das funktioniert nicht."

„Doch, es klappt hervorragend, wenn man Konsonanten und Vokale unterscheidet. Man nimmt für jeden Konsonanten einfach den nachfolgenden Konsonanten im Alphabet. Und für jeden Vokal nimmt man eben den nächsten Vokal. Das R ist also in Wirklichkeit ein S. Und wie lautet der nächste Vokal nach dem O?"

„Das müsste ein U sein", überlegte Anne.

„Richtig! Dann schreibe ich hier also mal ein U auf. Der nächste Konsonant nach dem B ist ein C. Und aus G wird H und das A wird zu E."

„Suche!", rief Lenny erstaunt. „Das erste Wort lautet *Suche*. Opa, du hast tatsächlich die Lösung. Mach weiter!"

Sorgfältig notierte Opa Abraham einen Buchstaben nach dem anderen, bis alles entschlüsselt war.

Anne beugte sich über den Notizblock und las das Ergebnis laut vor: *„Suche nach dem Geheimnis der Kiste."*

„Hä? Was bedeutet denn das?", fragte Lenny. „Das ist ja schon wieder ein neues Rätsel."

„Am besten holen wir die Kiste vom Dachboden und tun einfach das, was da steht", schlug Papa vor.

„Was meinst du damit?", fragte Mama.

„Na, wir schauen uns die Kiste selber mal genauer an und suchen darin nach einem Geheimnis."

Papa und Opa Abraham gingen also auf den Dachboden, holten die Seefahrerkiste herunter und brachten sie in die Küche. Dann leerten sie sie erst einmal aus. „Wenn wir das Geheimnis der Kiste lüften wollen, müssen wir alles entfernen, was uns davon ablenken könnte", meinte Papa.

Alle starrten nun in die leere Kiste hinein.

Plötzlich hatte Anne eine Idee. „Schaut mal! In der Kiste ist gar nicht so viel Platz, wie man denken würde, wenn man sie von außen anschaut."

„Ja, das stimmt!", sagte Lenny aufgeregt. „Könnte es vielleicht sein, dass ..."

„... die Kiste einen doppelten Boden hat?", vervollständigte Anne den Satz.

Opa Abraham nickte. „Gut beobachtet. Ja, in der Kiste muss es noch ein Geheimfach geben. Jetzt müssen wir nur noch herausfinden, wie wir es öffnen können."

Bis zu diesem Punkt hatte Oma Sarah sich herausgehalten. Doch nun stand sie auf, schaute in die Kiste hinein und lächelte. „Na, das ist doch ganz einfach!"

Sie fasste in die Kiste und drückte den Innenboden auf einer Seite mit voller Kraft nach unten. Dadurch hob sich der Boden auf der anderen Seite. Ein Spalt tat sich auf, und Oma Sarah konnte den ganzen Innenboden herausnehmen.

„Wir haben das Geheimfach gefunden!", jubelten Anne und Lenny.

„Und im Geheimfach befinden sich gleich mehrere Logbuch-Stapel", stellte Mama aufgeregt fest.

„Weiterlesen! Weiterlesen!", riefen Lenny und Anne übermütig und klatschten dabei im Takt.

„Moment mal", widersprach Opa Abraham. „Bevor ihr weiterlest, müsst ihr uns noch kurz erzählen, was bisher passiert ist."

„Aber selbstverständlich werden wir das", sagte Papa. „Und danach geht die Geschichte weiter."

Nachdem Anne und Lenny abwechselnd von den bisherigen Ereignissen berichtet hatten, nahm Mama den nächsten Logbuch-Stapel und reichte ihn Opa Abraham. „Jetzt bist du mal dran mit Lesen!"

Alle machten es sich bequem und Papa legte noch ein wenig Holz ins Feuer. Dann begann Opa Abraham zu lesen …

9. AUF MESSERS SCHNEIDE

Seebär und Brummel liefen mit erhobenen Händen hinter dem Kommandanten her, zwanzig schwer bewaffnete Soldaten im Nacken.

Nach einiger Zeit kamen sie zu einer Straßenlaterne, in der ein helles Öllicht brannte. Unter der Lampe stand ein gut aussehender Polizist in Uniform. Der begrüßte den Kommandanten und schaute dann den beiden Gefangenen ins Gesicht.

Plötzlich stutzte er und machte große Augen: „Seebär! Bist du es wirklich?"

„Winfried!", rief Seebär verblüfft. „Was machst du denn hier in Dänemark?"

„Ich bin der Präsident der Polizei", erwiderte dieser. Dann wandte er sich an den Kommandanten: „Hören Sie: Diese Männer sind unschuldig! Sie haben die Kronjuwelen nicht gestohlen. Ich kenne sie."

Er gab den Soldaten den Befehl, die Waffen herunterzunehmen.

„Aber wir haben doch Zeugen!", protestierte der Kommandant.

Der Polizeipräsident schüttelte den Kopf. „Nein, das muss ein Missverständnis sein – Sie haben die falschen Leute verhaftet. Das hier sind Freunde, die niemals etwas stehlen würden."

Die Soldaten standen stramm, während der Polizeipräsident auf Seebär zutrat und ihn herzlich umarmte. „Mensch, Seebär! Was für eine Überraschung, dich hier zu treffen. Ich habe dich seit zehn Jahren – also nachdem du damals unser Schiff verlassen hast – nicht mehr gesehen."

„Ja, schön, dich zu sehen, Winfried", erwiderte Seebär lächelnd. „Auf unseren Reisen kommen wir Matrosen ziemlich weit in der Welt herum, stimmt's? Und dabei schnappen wir auch ein paar Brocken von der einen oder anderen Fremdsprache auf. Wie gut, dass Brummel und ich die Dänen hier verstehen!"

Der Polizeipräsident nickte. „Ja, du hast recht. Es ist oft echt praktisch, wenn man eine Fremdsprache kann. Übrigens bin ich dir immer noch sehr dankbar. Denn du hast mir damals das Leben gerettet, als ich mich bei diesem schrecklichen Orkan in der Takelage verfangen hatte. Ich hing mit dem Kopf nach unten über der brausenden See und wäre beinahe über Bord gegangen. Die anderen Seeleute haben sich nicht getraut, mir zu helfen. Aber du bist in die Takelage geklettert und hast mich gerettet. Dabei hast du dein eigenes Leben riskiert."

„Du hättest für mich das Gleiche getan, mein Freund!", grinste Seebär zufrieden.

„Ja, aber das war wirklich eine Heldentat, Seebär, für die ich dir immer dankbar sein werde. Entschuldige bitte, dass meine Leute euch mit irgendwelchen Gaunern verwechselt haben. Wir sind nämlich auf der Suche nach den Dieben, welche die Kronjuwelen der Königin gestohlen haben."

Brummel gab dem Polizeipräsidenten die Hand. „Da bin ich aber froh, dass sich das jetzt aufgeklärt hat. Nein, wir sind keine Diebe, aber wir sind tatsächlich einem ganz fiesen Dieb auf der Spur."

Seebär deutete auf die Villa von Jonte Hartog. „Und dort wohnt er!"

„Nicht möglich!", rief der Polizeipräsident ungläubig. „Jonte Hartog ist ein ehrenwerter Mann, der von den Bürgern von Kopenhagen hoch geachtet ist. Zu behaupten, er sei ein Dieb, ist eine schwere Anschuldigung!"

„Das wissen wir", sagte Brummel. „Aber wir sind uns ganz sicher, dass Jonte Hartog der Anführer einer Diebesbande ist, die in Kopenhagen und in vielen anderen Städten ihr Unwesen treibt."

„Könnt ihr das beweisen?", fragte der Polizeipräsident.

„Wir waren gerade dabei, als ihr uns überrascht habt", klärte Seebär ihn auf. Dann erzählte er, dass Jonte Hartog die wertvollen Seekarten von Käpten Sturms Vater gestohlen hatte und was sie sonst noch über den Mann wussten. „Bisher ist es nur noch niemandem gelungen, diesen Gauner zu überführen", schloss er.

„Also müssen wir abwarten, bis euer Käpten Sturm das Lager gefunden hat, in dem Jonte Hartog das Diebesgut aufbewahrt. Dann können wir ihn verhaften", schlug der Polizeipräsident vor.

Brummel nickte. „Genau! Und glaub mir, für unseren Käpten Sturm ist das eine Kleinigkeit!"

Safira starrte Frau Hartog erschrocken an, die Hände immer noch oben haltend.

Plötzlich stutzte sie jedoch, weil sie an Frau Hartogs Hals eine Kette entdeckte. Sie schaute genauer hin, um sich davon zu überzeugen, dass sie diese Kette kannte.

Dann schloss sie die Augen. In diesem Moment dachte sie nicht mehr daran, dass sie mit einer Waffe bedroht wurde. Sondern nur noch daran, wem dieses Schmuckstück in Wirklichkeit gehörte – nämlich ihren Eltern.

Ja, diese Kette gab es nur ein einziges Mal auf der Welt. Safiras Vater hatte sie selbst angefertigt, um sie ihrer Mutter zum Geburtstag zu schenken. Damals war sie selber erst sechs

Jahre alt gewesen, aber sie erinnerte sich noch gut daran, wie sehr sich ihre Mutter gefreut hatte.

Wehmütig dachte Safira an ihre Eltern zurück, die kurz darauf spurlos verschwunden waren. Irgendetwas musste ihnen zugestoßen sein, denn sie hätten ihre Tochter niemals freiwillig verlassen. Dessen war sich Safira ganz sicher.

Zum Glück war sie damals von einem Zirkus aufgenommen worden. Freundliche Leute hatten sich um sie gekümmert und ihr tolle Kunststücke beigebracht. Und nachdem Safira ein paar Jahre lang als Artistin aufgetreten war, hatte es sie auf die Pirateninsel verschlagen. Aber das war eine andere Geschichte ...

Safira öffnete ihre Augen und blickte Frau Hartog zornig an. „Wollen Sie mich etwa erschießen, Sie Diebin?"

„Was fällt dir ein, mich eine Diebin zu nennen, du dumme Göre?"

„Sie sind eine Diebin, genau wie Ihr Mann! Diese Kette gehört meiner Mutter. Es gibt sie nur ein Mal auf der Welt, weil mein Vater sie selber gemacht hat."

„So ein Quatsch! Die Kette gehört mir!"

„Nein, das stimmt nicht. Schauen Sie sich doch mal die Rückseite des Verschlusses an. Dort ist der Name meiner Mutter eingraviert. Meine Mutter heißt Sarah, Sarah Alminetti. Und ich bin Safira Alminetti, ihre Tochter!"

Frau Hartog runzelte die Stirn. Sie wusste, dass Safira die Wahrheit sagte, weil sie sich das Schmuckstück schon einmal ganz genau angesehen hatte. Aber das änderte überhaupt nichts. „Na und?", lachte sie böse. „Jetzt gehört die Kette jedenfalls mir. Mein Mann hat sie mir geschenkt. Und du bist eine Einbrecherin, die ins Gefängnis kommen wird!"

Safira wurde noch wütender. „Ich werde der Polizei sagen, dass Sie und Ihr Mann Diebe sind!"

„Niemand wird dir glauben, Safira", erwiderte Frau Hartog gehässig. „Denn ich werde diese Kette niemandem zeigen. Aber du wirst mehrere Jahre im Gefängnis stecken, das verspreche ich dir."

Safira kniff die Augen zusammen und schaute nach oben.

Dann zeigte sie plötzlich mit dem Finger an die Decke und schrie mit gespieltem Entsetzen: „Iiih! Eine Spinne!"

Sofort blickte Frau Hartog ebenfalls nach oben – doch dort war gar keine Spinne. Es war nur ein Trick von Safira, mit dem sie ihre Gegnerin ablenken wollte.

Safira sprang zur Seite, um sich aus der Schusslinie zu bringen. Dann drehte sie sich blitzschnell um die eigene Achse und trat Frau Hartog gezielt gegen beide Beine.

Die landete auf ihrem Hinterteil und ließ vor Schreck die Pistole fallen.

Safira schnappte sich die Pistole, kletterte schnurstracks auf den Dachboden und verließ das Haus durchs Fenster. Vom Dach aus brachte sie sich sofort in Sicherheit.

Im Keller stand Jonte Hartog mit der Waffe in der Hand direkt vor Käpten Sturm.

Doch der machte etwas Unerwartetes. Er zeigte auf die Pistole und sagte: „Die ist aber ganz schön schmutzig! Lass mal sehen ..."

Dann steckte er mit einer Dreistigkeit, die nicht zu überbieten war, einfach seinen Zeigefinger in die Pistole und grinste Jonte Hartog frech an.

Sein Gegner war viel zu verblüfft, um abzudrücken.

Boynen umklammerte die Waffe nun mit seinen restlichen Fingern und entriss sie ihm.

Dann zog er seinen Zeigefinger wieder aus dem Lauf und richtete die Pistole auf Jonte Hartog: „Die Flossen hoch!"

Der gehorchte sofort – was blieb ihm auch anderes übrig ...

Vorwurfsvoll deutete Boynen auf seine Fingerspitze, die mit schwarzem Pulver überzogen war. „Und in Zukunft gibst du dir beim Putzen deiner Waffe bitte etwas mehr Mühe. Es ist echt ärgerlich! Deinetwegen muss ich mir nämlich jetzt die Hände waschen ..."

Eine Viertelstunde später wurden Herr und Frau Hartog vom Kommandanten der Polizei verhaftet. In ihrem geheimen Lager fanden sich tatsächlich die Kronjuwelen der Königin. Außerdem noch viele weitere gestohlene Gegenstände, die nun alle den wahren Besitzern zurückgegeben werden konnten.

Aus Dankbarkeit wurden Käpten Sturm, Seebär, Brummel und Safira in den Königspalast eingeladen, wo sie an einem großen Festmahl teilnehmen durften. Und sie erhielten als Anerkennung eine dänische Tapferkeitsmedaille.

Zu Safiras großer Freude wurde ihr außerdem die Kette ihrer Mutter um den Hals gehängt. Endlich hatte sie ein Andenken an ihre Eltern!

Jonte Hartog war gleich beim ersten Verhör gefragt worden, woher er die Kette hatte. Aber er hatte behauptet, er wüsste nicht, wo seine Leute sie gestohlen hätten.

Nun, eines Tages würden sie es herausfinden – da war sich Safira ganz sicher!

Am nächsten Tag verabschiedeten sie sich von ihren neuen Freunden. Und beim Auslaufen von Käpten Sturms Schiff hatte sich im Hafen eine große Menschenmenge versammelt, die ihnen dankbar zujubelte.

Ja, von diesem Tag an galten Käpten Sturm und seine Leute als Helden, die in Kopenhagen jederzeit herzlich willkommen waren.

Trotz einiger brenzliger Momente hatte Käpten Sturm mit diesem Abenteuer erreicht, was er wollte: Er hatte die wertvollen Seekarten seines Vaters zurückbekommen. Und die würden ihm in Zukunft sehr nützlich sein ...

„Was ist unser nächstes Ziel?", fragte Safira neugierig.

„Wargate in Großbritannien", antwortete Boynen. „Dort gibt es ein verruchtes Hafenviertel, in dem es von Piraten nur so wimmelt."

Erschrocken schaute Safira ihn an. „Piraten? Du willst Piraten treffen? Aber warum denn? Das ist doch sicher ... gefährlich!"

„Vieles, was wir machen, ist gefährlich, Safira. Aber wir müssen irgendwie herausfinden, auf welcher Insel sich der Schwarze Pirat versteckt hält. Und das wissen eben nur Piraten."

„Die werden es uns aber wohl kaum verraten!"

„Ich weiß! Deshalb müssen wir uns einen Trick einfallen lassen, wie wir es von ihnen erfahren können."

„Und weißt du schon, wie?"

„Nein! Aber die Reise nach Wargate geht drei bis vier Tage. Zeit genug, um in Ruhe darüber nachzudenken ..." Damit wandte Boynen sich ab und verschwand in der Kapitänskajüte.

Und Safira kletterte hinauf in die Takelage des Schiffs und genoss die frische Seeluft und den Ausblick aufs weite Meer ...

10. Der große Betrug

Opa Abraham hielt inne. „So, hier ist dieser Teil des Logbuchs zu Ende."

„Können wir mit dem nächsten Teil anfangen?", fragten Lenny und Anne gleichzeitig.

Doch Papa schüttelte den Kopf. „Jetzt gibt es erst einmal Abendessen. Vielleicht hinterher."

Als sie miteinander gegessen hatten und das Geschirr abgeräumt war, wandte sich Opa Abraham an seinen Enkel. „Du, Lenny, ich würde gerne etwas unter vier Augen mit dir besprechen. Was hältst du davon?"

Lenny wusste ganz genau, worum es ging, und nickte etwas beklommen. „Ja, können wir machen."

„Darf ich auch dabei sein?", fragte Anne neugierig.

„Ich wollte zwar eigentlich mit Lenny alleine reden, aber du warst ja vorhin in der Scheune auch dabei. Was meinst du dazu, Lenny?"

Der zuckte mit den Achseln. „Also, von mir aus ist das kein Problem."

„Und wenn ihr fertig seid, dann können wir ja noch ein wenig im Logbuch lesen", schlug Mama vor.

Kurz darauf saßen Lenny, Anne und Opa Abraham in Lennys Zimmer.

„Danke, Opa, dass du mich vorhin gerettet hast", sagte Lenny leise. Wenn er an den Vorfall in der Scheune dachte, lief ihm sogar jetzt noch ein Schauer über den Rücken. In dieser finsteren Grube war es echt unheimlich gewesen!

Opa Abraham schaute seinen Enkel freundlich an. „Das habe ich gerne getan. Und ich bin froh, dass alles so glimpflich abgelaufen ist. Aber eines musst du mir noch erklären: Was wolltest du eigentlich in der Scheune?"

„Ich dachte, ich würde dort die Fortsetzung des Logbuchs finden! Käpten Sturm hat ja eine Nadel im Heuhaufen erwähnt. Und weil es nur in der Scheune Heu gibt, dachte ich, er hätte dort vielleicht noch eine zweite Kiste versteckt."

Da lachte Opa Abraham laut auf. „Aber die Suche nach der Nadel im Heuhaufen ist doch nicht wörtlich gemeint, Lenny! Das ist nur ein Spruch, der etwas verdeutlichen soll."

„Was denn?"

„Die Chancen, in einem riesigen Heuhaufen eine winzige Nadel zu finden, sind doch äußerst gering, oder? Deshalb benutzt man diesen Vergleich, wenn man von einer sinnlosen Suche redet, die man gar nicht erst anfangen sollte. Gott hat uns unseren Verstand gegeben. Wenn wir es lernen, den richtig einzusetzen, können wir Dummheiten vermeiden. Und manchmal ist es besser, zuerst einmal mit anderen über etwas zu reden, als gleich auf eigene Faust loszuziehen."

Annes Augen leuchteten auf. „Das stimmt! Mit dir und Oma zusammen haben wir die restlichen Logbücher ja dann auch gefunden."

Opa Abraham sah Lenny eindringlich an. „Aber jetzt möchte ich doch gerne wissen, warum du dich einfach über das Verbot deiner Eltern hinweggesetzt hast."

Lenny zuckte mit den Schultern und schwieg.

„Hast du dir vielleicht gedacht, dass es dort in der Scheune gar nicht so gefährlich sein kann, wie deine Eltern behauptet haben?"

Als Lenny nickte, fuhr Opa Abraham fort: „Und eine innere Stimme hat dir gesagt, dass deine Eltern mal wieder maßlos übertreiben und sich unnötig Sorgen machen?"

Lenny schaute seinen Opa mit großen Augen an. „Woher weißt du das? Kannst du etwa Gedanken lesen?"

Opa Abraham lächelte. „Nein, aber ich kenne diese innere Stimme genau. Als ich so alt war wie du, da hat sie mir auch pausenlos eingeredet, meine Eltern seien Spielverderber. Deshalb habe ich mich nicht an Verbote gehalten und bin dabei einmal sogar ganz schön auf die Nase gefallen – buchstäblich."

„Was meinst du mit *buchstäblich?*", wollte Anne wissen.

„Na, ich bin über eine baufällige Brücke geklettert, obwohl meine Eltern mir das streng verboten hatten. Die ist dann an einer Stelle eingestürzt. Ich bin abgerutscht und habe mir dabei die Nase gebrochen. Und wie ihr seht, ist meine Nase auch heute noch ein wenig krumm. Manche Fehlentscheidungen haben eben Folgen fürs ganze Leben."

Anne fuhr mit ihrem Finger vorsichtig über Opa Abrahams Nase. „Stimmt, die ist wirklich ein wenig krumm. Aber ich mag sie trotzdem."

„Jedenfalls kenne ich diese innere Stimme gut. Sie lügt uns an oder erzählt Halbwahrheiten, um uns zu bösen Dingen zu überreden. Und sie ist so alt, dass sogar schon die ersten Menschen auf sie hereingefallen sind."

„Das musst du uns genauer erzählen!", bat Lenny.

„Na gut! Dann macht es euch mal bequem."

Lenny und Anne legten sich bäuchlings aufs Bett und hörten ihrem Opa aufmerksam zu.

„Ganz am Anfang, als Gott die beiden ersten Menschen geschaffen hatte, da lebten die im Paradies – im schönsten Garten der Welt."

„Die Geschichte kennen wir schon", sagte Anne. „Der Mann hieß Adam und die Frau hieß Eva."

Opa Abraham nickte. „Ja, sie lebten am schönsten Ort der Welt. Dort gab es keine Krankheiten, kein Leid, keinen Krieg. Sogar die Tiere waren friedlich. Und das Tollste war, dass Gott höchstpersönlich bei ihnen war. Sie konnten jeden Tag mit ihm sprechen, so wie wir gerade miteinander reden. Adam und Eva hatten volles Vertrauen zu Gott. Sie wussten ganz genau: Gott liebt uns und sorgt für uns. Alles, was er sagt, ist wahr.

Doch eines Tages hörte Eva eine Stimme. Es war die Stimme von Gottes Feind, der durch eine Schlange sprach."

„Und was sagte diese Stimme?", wollte Anne wissen.

„Sie versuchte, Eva davon zu überzeugen, dass man Gott nicht vertrauen könne. Gott hatte Adam und Eva nämlich verboten, die Früchte eines ganz bestimmten Baums zu essen. Er wusste, dass das schlimme Folgen für sie haben würde, deshalb hatte er sie ausdrücklich davor gewarnt.

Aber die Schlange hat Adam und Eva etwas anderes eingeredet. Etwa so: ‚Ach, das ist doch alles Quatsch, was Gott da gesagt hat. Ihr müsst doch nicht sterben, wenn ihr von dem Baum dort esst. Nein, Gott will euch nur den Spaß verderben. Er hat eben nicht euer Bestes im Sinn. Also macht es ruhig! Esst von diesen Früchten!'"

„Aber ich habe heute Nachmittag gar keine Stimme gehört", wandte Lenny ein. Dann überlegte er einen Moment. „Oder meinst du damit die Gedanken, die ich hatte? Als ich mir vorgenommen habe, mich nicht an Papas Regel zu halten?"

Opa Abraham nickte. „Ja, genau. Die Idee, etwas Böses zu tun, stammt gewöhnlich vom Teufel, der schon die ersten Menschen überlistet hat. Er hat sie dazu gebracht, gegen Gott zu rebellieren. Und die Folge war, dass Adam und Eva das Paradies verlassen mussten."

„Schade", meinte Anne bekümmert.

Opa Abraham nickte. „Ja, wirklich."

„Und wie ging es dann weiter?", hakte Lenny nach.

„Das kann ich euch ja ein andermal erzählen", sagte Opa Abraham. „Aber eins solltet ihr euch merken: Es gibt zwei verschiedene Stimmen, die uns in unseren Entscheidungen beeinflussen wollen. Die eine ist unser Gewissen. Es spornt uns dazu an, das Richtige zu tun. Und die andere will unser Vertrauen zu Gott und den Menschen zerstören. Wenn wir auf diese Stimme hören, geht manches kaputt."

Nun wandte sich Opa noch einmal direkt an Lenny: „Glücklicherweise vergibt uns Gott, wenn wir einen Fehler gemacht haben. Aber es ist wichtig, dass wir den auch einsehen und wieder in Ordnung bringen."

Lenny wurde nachdenklich. „Meinst du, ich sollte mich bei Mama und Papa noch einmal richtig entschuldigen?"

Opa Abraham lächelte. „Du hast es kapiert."

Nach kurzem Zögern sprang Lenny entschlossen auf. „Na, wenn das wichtig ist, dann mache ich das am besten sofort ..."

Papa und Mama nahmen ihren Sohn in den Arm, nachdem er sie um Verzeihung gebeten hatte.

„Schön, dass du gekommen bist, Lenny", sagte sein Vater.

„Ja, Lenny, in einer Familie ist es ganz wichtig, dass man sich gegenseitig vertrauen kann", fügte seine Mutter hinzu.

In diesem Augenblick kam Oma Sarah ins Zimmer und brachte ein paar selbst gebackene Kekse und eine große Kanne Tee mit. „Was haltet ihr davon, wenn wir jetzt die Geschichte von Käpten Sturm weiterlesen?", schlug sie vor.

Alle waren Feuer und Flamme und Opa Abraham nahm den nächsten Teil des Logbuchs zur Hand ...

11. DIE PIRATEN VON WARGATE

Während der langen Fahrt sorgte Käpten Sturm dafür, dass seine Mannschaft das Schiff flott hielt. Jeder hatte eine Aufgabe: Die einen schrubbten das Deck, die anderen befestigten lose gewordene Schnüre in der Takelage. Andere wiederum dichteten Risse im Rumpf des Schiffes mit Pech ab. Und alle stöhnten, weil ihnen diese Arbeiten nur wenig Spaß machten.

Nur Safira – die stöhnte nicht. Sie hatte auch keinen Grund dazu. Denn Käpten Sturm hatte sie zur Seite genommen, um mit ihr zu trainieren. „Wenn du eine gute Abenteurerin werden möchtest, dann musst du wissen, was zu tun ist, wenn's brenzlig wird", hatte er ihr gesagt.

Safira genoss es, in Käpten Sturms Nähe zu sein. Ja, von ihm wollte sie alles lernen, was sie als gute Seefahrerin wissen musste. Dazu gehörte ihrer Meinung nach auch das Fechten.

Aber Käpten Sturm wollte ihr das Kämpfen mit dem Säbel noch nicht beibringen. Er hielt andere Dinge für viel wichtiger. „Was würdest du tun, wenn man dich umzingelt hat, Safira?", fragte er.

„Ich würde versuchen, auf einen Baum oder ein Haus zu klettern und so zu entkommen."

„Das traue ich dir sogar zu. Aber was würdest du tun, wenn du in einem Haus wärst und man dir den Weg nach draußen versperrt hätte?"

„Keine Ahnung – sag du es mir!"

„Na, ich würde meine Gegner erst einmal ablenken und so Zeit gewinnen. Dann würde ich sie ärgern."

Safira schaute ihn mit großen Augen an. „Aber wenn man seinen Gegner ärgert, dann wird der doch noch wütender! Was soll das bringen?"

„Er könnte die Beherrschung verlieren und unvorsichtig werden."

„Aber wie kommst du aus dem Haus wieder raus, wenn man dir den Weg durch die Tür versperrt?"

„Ich springe zum Fenster hinaus!"

„Und was ist, wenn es sich nicht öffnen lässt?", fragte Safira.

Käpten Sturm grinste. „Jedes Fenster lässt sich irgendwie aufmachen. Man muss nur die richtigen Ideen haben. Darüber kannst du ja auf der restlichen Fahrt nachdenken ..."

Es war später Abend, als die *Esmeralda* im Hafen von Wargate einlief. Der Anker wurde geworfen und die Segel wurden eingeholt. Weil das große Schiff nicht direkt an der Landungsbrücke anlegen konnte, musste man mit einem Ruderboot an Land fahren.

Käpten Sturm, Seebär, Brummel und Safira betraten den Hafen, der mittlerweile in völlige Finsternis getaucht war. Nach einem längeren Fußmarsch durch die Gassen von Wargate erreichten sie ein Wirtshaus. Es war ein typischer englischer Pub, in dem hauptsächlich Bier, Rum und Gin getrunken wurde.

Um nicht aufzufallen, hatten sich die Seefahrer schon auf der *Esmeralda* umgezogen. Safira sah aus wie ein typischer Schiffsjunge, der direkt von einem Piratenschiff zu kommen schien. Ihre langen rotbraunen Haare hatte sie geschickt unter einem Kopftuch verborgen. Und sie versuchte, besonders grimmig dreinzuschauen, damit man ihr diese Rolle auch abnahm.

Ihre wertvolle Kette hatte sie schweren Herzens in einer Hosentasche verstecken müssen. Denn Schiffsjungen trugen ja keinen Frauenschmuck.

Auch Seebär und Brummel hatten sich als Piraten verkleidet. Dazu gehörte nicht viel, weil beide kräftig gebaut waren und einen Bart hatten. Mit ihren zerfetzten Stirnbändern konnte man sie durchaus für Piraten halten.

Käpten Sturm trug sogar eine schwarze Binde über dem rechten Auge, damit er einem kühnen Piratenkapitän ähnelte. Und seine schwarze Hose aus Rindsleder hatte lauter Löcher. Jeder sollte glauben, dass er mit dieser Hose schon viele Kämpfe überstanden hatte, sodass man sich besser vor ihm in Acht nahm.

Als die vier Abenteurer den Pub betraten, schauten die Männer an den Tischen zu ihnen herüber. Aber da die Neuankömmlinge ganz ähnlich wie sie selbst aussahen, wandten sie sich gleich wieder ab.

Die vier gingen zu einem robusten Holztisch und setzten sich. Die Luft war voller Tabaksqualm. Denn die meisten Wirtshausgäste hatten ihre Pfeifen dabei. Außerdem stank es nach Rum, Bier und Gin – Safira hätte beinahe vor Ekel die Nase gerümpft.

Doch sie beherrschte sich und ließ sich nichts anmerken. Einem echten Piraten-Schiffsjungen würde dieser Gestank nichts ausmachen, das war ihr klar.

Der Wirt kam zu ihnen, musterte sie misstrauisch und fragte: „Was wollt ihr trinken?"

„Gin für alle. Außer für den Schiffsjungen – der kriegt nur Wasser", antwortete Brummel.

Daraufhin machte der Wirt kehrt und kam kurz darauf mit vier großen Bechern aus Keramik zurück, die er geräuschvoll auf den Holztisch stellte. „Woher kommt ihr eigentlich?", erkundigte er sich.

„Warum willst du das wissen?", fuhr Seebär ihn an. Er blickte dabei so grimmig drein, dass der Wirt vor lauter Schreck einen halben Meter zurückwich.

Käpten Sturm grinste selbstsicher und klopfte Seebär auf die Schulter. „Nimm es meinem Freund nicht übel", sagte er. „Der ist nämlich immer noch stinksauer. Unser Schiff wurde versenkt. Jetzt sind wir auf der Suche nach einem anderen Schiff, wo wir anheuern können." Mit dieser erfundenen Geschichte wollte er das Vertrauen des Wirts gewinnen.

Und tatsächlich gelang es ihm. Denn der Wirt schaute die vier jetzt viel freundlicher an. „Stammt ihr etwa von dem englischen Freibeuterschiff, das letzte Woche untergegangen ist?"

„Genau, von der *Frog*! Sie wurde von einem spanischen Kriegsschiff versenkt", behauptete Käpten Sturm. „Wir haben tapfer gekämpft, hatten aber gegen die Übermacht der Kanonen keine Chance."

„Ich dachte, alle Piraten dieses Schiffes seien tot! Wie habt ihr das bloß überlebt?", fragte der Wirt staunend.

„Wir hatten Glück", brummte Seebär und trank einen großen Schluck Gin.

„Nein, das war nicht nur Glück", entgegnete der Wirt, während er respektvoll den Kopf schüttelte. „Dazu gehören viel Mut und Kühnheit! Ihr seid Helden."

„Sagen wir mal, wir hatten einfach noch keine Lust zu sterben", meinte Käpten Sturm lässig. „Und jetzt sind wir auf der Suche nach einem Schiff mit Männern, die aus dem gleichen Holz geschnitzt sind wie wir."

Der Wirt grinste. „Vielleicht kann ich euch da weiterhelfen. Ich könnte euch mit einem Matrosen bekannt machen, der behauptet, dass er zum Schwarzen Piraten gehört. Ich kann mir gut vorstellen, dass der Schwarze Pirat solche Leute wie euch gebrauchen kann."

Seebär schlug mit der Faust so heftig auf den Holztisch, dass der Wirt erschreckt zusammenzuckte. „Na, dann mach mal! Vielleicht bessert sich meine Laune dadurch wieder."

Sofort drehte der Wirt sich um und marschierte auf einen großen Tisch zu, an dem mehrere finster dreinblickende Matrosen saßen. Er sprach einen Mann an, dessen lange rote Haare zu einem Zopf geflochten waren.

Während der Wirt ihm etwas erklärte, schaute der Rothaarige zu Käpten Sturm und seinen Begleitern herüber.

Wenig später kam der Wirt wieder zu ihrem Tisch zurück. „Der Rothaarige ist bereit, mit euch zu reden. Man nennt ihn Rotfuchs."

Brummel grinste. „Wahrscheinlich wegen seiner lustigen Frisur!"

Der Wirt sah Brummel ernst an. „Ich möchte euch warnen: Sagt bloß nichts gegen diesen Zopf! Rotfuchs ist sehr stolz darauf und wird schnell böse, wenn man abfällige Bemerkungen darüber macht ..."

„Würden wir nie tun", schmunzelte Seebär. „Sag ihm, dass wir seine Haarpracht wirklich toll finden."

„Bitte! Hört auf meinen Rat! Keine Witze, sonst durchbohrt er euch mit seinem Degen. Also, möchtet ihr, dass ich euch mit Rotfuchs bekannt mache?"

„Dafür wären wir dir sehr dankbar", sagte Käpten Sturm freundlich.

Als der Wirt wieder zu Rotfuchs kam und mit ihm sprach, schaute dieser argwöhnisch zu den vier Seefahrern hinüber.

Dann flüsterte er einem Piraten, der direkt neben ihm saß, zu: „Ich gehe jetzt an diesen Tisch und setze mich zu den vier Fremden. Aber ich traue ihnen nicht. Sobald ich euch ein Zeichen gebe, steht ihr auf und umzingelt sie. Und dann machen wir sie richtig fertig."

„Alles klar, Rotfuchs!"

Heutige Zeit

Opa Abraham setzte das Logbuch ab. „Jetzt wird es aber gefährlich!"

Lenny, der sich den Rothaarigen mit dem langen Zopf gut vorstellen konnte, nickte. „Also, ich würde es niemals wagen, mich mit einem Piraten anzulegen. Und ich bin gespannt, wie Käpten Sturm den Namen der Insel herausfinden will."

„Freiwillig wird Rotfuchs wohl nicht verraten, wo sich der Schwarze Pirat versteckt hält", meinte Papa. „Hoffentlich geht die Sache gut."

„Können wir denn nicht weiterlesen?", drängte Anne.

Jetzt mischte sich Oma Sarah ein: „Opa hat nur aufgehört, weil ich ihm ein Zeichen gegeben habe. Ich muss nämlich einen Kuchen aus dem Ofen holen. Sobald das erledigt ist, können wir die Geschichte fortsetzen."

„Übernachtet ihr denn bei uns?", fragte Anne erfreut.

Opa Abraham nickte. „Ja, wir bleiben für ein paar Nächte hier und helfen euch dabei, das Haus in Schuss zu bringen. Ihr sollt euch hier ja möglichst schnell wohlfühlen."

„Also, ich fühle mich schon jetzt total wohl", grinste Lenny.

Seine Mutter schüttelte den Kopf. „Es gibt noch einiges zu tun, bis das auch für mich gilt. Und deshalb bin ich sehr froh über eure Hilfe."

Papa schmunzelte. „Außerdem seid ihr doch sicherlich genauso gespannt wie wir, wie es mit Käpten Sturm weitergeht."

„Auf jeden Fall!", sagte Opa Abraham. „Dieser Käpten Sturm ist ein richtiger Held. Und ich bin begeistert, dass er hier in diesem Haus gelebt hat. Es macht richtig Spaß, seine Geschichten zu lesen. Bestimmt hat er noch weitere Logbücher geschrieben, die hier irgendwo versteckt sind."

Lenny schaute ihn mit großen Augen an. „Meinst du wirklich?"

„Ganz sicher, Lenny", sagte Opa Abraham mit geheimnisvoller Miene. „Aber darüber können wir ja ein andermal sprechen."

In diesem Moment kam Oma Sarah zurück. „So, der Kuchen ist gut geworden. Jetzt können wir gerne weiterlesen."

12. DAS GEHEIMNIS DER PIRATEN

Käpten Sturm, Brummel, Seebär und Safira warteten gespannt darauf, dass einer der Piraten zu ihnen kam.

Und tatsächlich, kurze Zeit später saß der Rothaarige an ihrem Tisch. „Ich habe gehört, ihr seid auf der Suche nach einem Schiff, wo ihr anheuern könnt?"

Käpten Sturm runzelte die Stirn. „Ja, aber wir sind sehr wählerisch! Denn Leute wie wir haben es nicht nötig, auf irgendeinem unbedeutenden Schiff anzuheuern. Und du wirst verstehen, dass wir mit Feiglingen nichts zu tun haben wollen."

Rotfuchs grinste hämisch. „Das gilt für mich genauso. Ich arbeite nämlich auf einem Schiff des Schwarzen Piraten. Wollt ihr den etwa einen Feigling nennen?"

„Nein, sicher nicht. Aber warum soll ich dir glauben, dass du wirklich zum Schwarzen Piraten gehörst? Du könntest mich ja auch anlügen."

Der Rothaarige streifte den Ärmel seines Piratenhemdes hoch, sodass eine hässliche Totenkopf-Tätowierung zu sehen war. „Erkennst du dieses Zeichen?", fragte er.

Käpten Sturm nickte. „Ja, das kenne ich. Aber es beweist noch gar nichts. So etwas kann sich jeder machen lassen."

„Was für einen Beweis willst du denn noch?", erkundigte sich Rotfuchs empört.

Käpten Sturm legte eine Hand auf seinen Arm. „Wenn du wirklich zum Schwarzen Piraten gehörst, dann weißt du ja, auf welcher Insel er lebt."

„Natürlich weiß ich das!", fauchte Rotfuchs. „Aber jeder echte Pirat weiß auch, dass man den Namen dieser Insel niemals laut aussprechen darf. Er ist ein Geheimnis."

„Klar“, bestätigte Käpten Sturm. „Deshalb mache ich dir einen Vorschlag: Wir schreiben ihn beide auf ein Stück Papier, und zwar gleichzeitig. So muss keiner von uns ihn aussprechen.“

„Na gut. Aber nur unter einer Bedingung!“

„Unter welcher?“

„Deine drei Begleiter verlassen den Raum!“

Käpten Sturm zögerte. Es war ihm eigentlich gar nicht recht, dass Seebär, Brummel und Safira draußen warten sollten. Aber was blieb ihm anderes übrig?

„In Ordnung“, sagte er also.

Rotfuchs stand auf, um beim Wirt etwas zum Schreiben zu holen. Dabei schwenkte sein langer Zopf von einer Seite zur anderen.

Seebär und Brummel waren ebenfalls unzufrieden. Am liebsten hätten sie diesen frechen Piraten ganz fest an seinem Zopf gezogen und ihm eine Tracht Prügel verpasst. Stattdessen sollten sie den Pub verlassen. Das passte ihnen gar nicht.

Aber da sie Käpten Sturm grundsätzlich gehorchten, standen sie auf und marschierten wortlos zur Tür.

Nur Safira gab sich nicht so schnell geschlagen. Ängstlich schaute sie Käpten Sturm in die Augen. „Boynen, du kennst doch den Namen der Insel überhaupt nicht!“

„Ja, aber Rotfuchs kennt ihn, und er wird ihn für mich auf einen Zettel schreiben. Ich muss den Namen nur lesen, und dann verschwinde ich von hier.“

„Du riskierst Kopf und Kragen. Und hast du dir schon überlegt, was du tust, wenn dir die Piraten folgen? Hast du dafür einen Plan?“

Käpten Sturm zuckte mit den Schultern. „Mach dir um mich keine Sorgen, Safira. Und jetzt lass mich bitte allein!“

Also verließ Safira den Raum, ohne weiter zu protestieren. Sie kniff die Augen zusammen und dachte darüber nach, was Käpten Sturm alles passieren konnte.

Weil sie nicht richtig achtgab, stolperte sie vor der Tür über einen lockeren Pflasterstein, der mehrere Zentimeter aus dem Boden herausragte. Sie fiel zu Boden.

Wütend rappelte sie sich wieder auf, nahm den Pflasterstein in die Hand und warf ihn zur Seite. Dann folgte sie Brummel und Seebär …

Es dauerte noch eine ganze Weile, bis Rotfuchs mit Feder und Papier zurückkam.

Käpten Sturm schaute ihn fragend an. „Wo ist das Tintenfass? Ohne Tinte können wir doch nicht schreiben."

„Wir müssen warten. Er muss es noch holen."

„Macht nichts", meinte Käpten Sturm. „In der Zwischenzeit kannst du mir ja etwas vom Schwarzen Piraten erzählen. Wenn ich für ihn arbeiten soll, dann will ich vorher wissen, wie er so ist."

„Was soll ich da sagen? Er ist jähzornig und hat ständig schlechte Laune. Wenn du auch nur den kleinsten Fehler machst, bekommst du Prügel von ihm oder wirst in einen Kerker gesperrt. Alle – und damit meine ich auch die härtesten Piraten – haben Angst vor ihm! Er ist ein schrecklicher Mensch."

„Und warum arbeitest du dann für ihn?", fragte Käpten Sturm nachdenklich.

„Weil alle, die für ihn arbeiten, reich werden. Er ist der berühmteste Pirat der Welt und macht immer fette Beute."

Käpten Sturm grinste. „Fette Beute! Das klingt gut. Darauf stoßen wir an!"

Beide erhoben ihren Becher und riefen einen Trinkspruch: „Cheers!" Dann tranken sie die Becher leer und stellten sie wieder auf den Tisch.

Mit verschwörerischer Miene erzählte Rotfuchs noch ein paar Schauergeschichten über den Schwarzen Piraten.

Nach längerer Zeit kam endlich der Wirt und brachte ein Tintenfass mit, das er in der Mitte des Tisches absetzte. Daneben stellte er eine brennende Kerze.

Käpten Sturm runzelte die Stirn. „Wozu brauchen wir eine Kerze?"

„Na, damit wir die Zettel verbrennen können, sobald wir sie gelesen haben. Du weißt doch – niemand darf dieses Geheimnis erfahren. Wir müssen vorsichtig sein."

„Du hast recht!", grinste Käpten Sturm.

Jetzt nahmen beide gleichzeitig eine Feder in die Hand und tauchten deren Spitze ins Tintenfass. Und dann schrieb jeder etwas auf seinen Zettel.

Doch während Rotfuchs den richtigen Namen aufschrieb, kritzelte Käpten Sturm nur irgendetwas hin, was ihm gerade so in den Sinn kam. Er hoffte, dass er damit etwas Zeit gewinnen konnte.

Beide falteten ihren Zettel und übergaben ihn dem jeweils anderen. Zur gleichen Zeit falteten sie die Zettel wieder auseinander und begannen zu lesen.

Käpten Sturm konnte den Namen der Insel leicht lesen und merkte ihn sich sofort.

Rotfuchs dagegen hatte große Mühe, Käpten Sturms Schrift zu entziffern.

Aber es dauerte nicht lange, bis er dessen Spiel durchschaute. Seine Miene verfinsterte sich und er funkelte ihn zornig an. „Du bist ein Betrüger! Du kennst den Namen der Insel überhaupt nicht."

Käpten Sturm sprang auf. Jetzt war es Zeit, sich ganz rasch aus dem Staub zu machen.

Doch damit hatte Rotfuchs bereits gerechnet und entsprechend vorgesorgt. Er gab seinen Leuten das vereinbarte Zeichen.

Blitzschnell erhoben sich sechs seiner Kameraden von ihren Stühlen. Zwei von ihnen stellten sich an den Ausgang und versperrten so den Fluchtweg. Der Rest der Männer kam auf Käpten Sturm zu. Jeder von ihnen hatte einen Dolch in der Hand.

„Darauf warst du wohl nicht gefasst, du elender Betrüger!", spottete Rotfuchs. Seine Augen glühten vor Zorn.

Er zog seinen Säbel, um Käpten Sturm damit zu bedrohen. „Du bist gar kein Pirat! Ich habe mir das gleich gedacht. Nein, du wolltest mir nur den Namen der Insel entlocken. Aber jetzt bist du dran!"

Käpten Wilbert Boynen Sturm war umstellt. Er saß in der Falle ...

Nachdem sie den Pub verlassen hatten, schlenderten Brummel, Seebär und Safira zurück zum Hafen. Dort wollten sie auf Käpten Sturm warten.

Unterwegs griff Safira in ihre Hosentasche. Jetzt konnte sie sich endlich wieder die geliebte Kette ihrer Eltern umhängen.

Doch ihre Hosentasche war leer.

Erschrocken blieb Safira stehen. Wo war die wertvolle Kette? Wo war das einzige Andenken an ihre Eltern, das sie besaß?

„Ich habe meine Kette verloren!", jammerte sie.

Aber Seebär und Brummel beachteten sie nicht. Sie wollten so schnell wie möglich das Ruderboot abfahrbereit machen. Das erschien ihnen im Moment viel wichtiger als irgendein Schmuckstück.

Safira musste die Kette jedoch unbedingt wiederfinden. Und sie hatte auch schon eine Idee, wo sie sie verloren hatte: direkt vor der Eingangstür des Pubs. Vor ihrem Wirtshausbesuch hatte sie die Kette nämlich herausgeholt, kurz angeschaut und scheinbar wieder eingesteckt. Doch in Wirklichkeit hatte sie sie wohl fallen gelassen.

Eilig lief sie zurück zum Pub und entdeckte die Kette tatsächlich nicht weit vom Eingang entfernt. Erleichtert atmete sie auf und verstaute das Schmuckstück sehr sorgfältig in ihrer Tasche.

Safira wollte schon wieder umkehren, als plötzlich ein wildes Geschrei aus dem Wirtshaus drang. Was war da los?

Kaum schaute sie zum Fenster hinein, erschrak sie furchtbar: Drinnen standen sich Käpten Sturm und Rotfuchs gegenüber. Beide hielten einen Säbel in der Hand. Und zu Safiras Entsetzen waren sie von mehreren Piraten umzingelt.

Gegen diese Übermacht hatte auch so ein Held wie Käpten Sturm keine Chance, das erkannte Safira sofort. Verzweifelt überlegte sie, wie sie ihm helfen konnte.

In diesem Moment schaute Käpten Sturm zum Fenster. Er entdeckte Safira und ihre Blicke trafen sich.

Doch was war das? Während er ihr zuzwinkerte, machte er eine leichte Bewegung.

Und Safira begriff auch ohne Worte, was er ihr damit sagen wollte ...

Rotfuchs schaute Käpten Sturm zornig an. „Du Narr! Jetzt kennst du den Namen der Insel und ich darf dich nicht mehr laufen lassen. Hast du wirklich geglaubt, dass du aus diesem Piratennest wieder heil herauskommst?"

Anstatt Furcht zu zeigen, grinste Käpten Sturm den Rothaarigen jedoch frech an. Dann nahm er seine Augenklappe ab und legte sie auf den Tisch. „Ich mache dir einen Vorschlag: Du befiehlst den Pappnasen dort, dass sie sich wieder hinsetzen sollen. Anschließend steckst du deinen Säbel wieder ein und wir trinken zusammen noch ein Glas Gin. Und hinterher lässt du mich gehen. Na, was hältst du von diesem Vorschlag?"

Rotfuchs schüttelte fassungslos den Kopf. Wie konnte dieser Kerl nur so dreist sein? Sah er denn nicht, dass er umzingelt war und gar keine Chance hatte? „Und warum sollte ich auf deinen blöden Vorschlag eingehen?", fragte er.

„Na, sieh es mal ganz praktisch: Wenn du mit mir kämpfst, musst du dir später eine neue Hose kaufen! Außerdem verlierst du beim Kampf deinen Zopf."

„Jetzt habe ich aber die Schnauze voll", fauchte Rotfuchs. „Du willst dich wohl über mich lustig machen!"

„Wieso? Ist doch ein faires Angebot von mir", grinste Käpten Sturm selbstsicher.

„Nein!", schrie Rotfuchs.

Blitzschnell, ohne weitere Worte zu verlieren, machte Käpten Sturm einen Schritt nach vorne und zerschnitt dem völlig verblüfften Piraten die weiten Hosenbeine, sodass seine Beine zu sehen waren.

Rotfuchs schrie vor Zorn laut auf und versuchte, seinen Gegner mit dem Säbel zu durchbohren.

Doch Käpten Sturm wich geschickt aus, fasste ihn am Arm und riss ihn herum, sodass Rotfuchs sich um die eigene Achse drehte. Dann schnitt er ihm seinen roten Zopf ab, der daraufhin wie ein Tau zu Boden fiel.

Jetzt rastete Rotfuchs vollends aus. Er schlug so wild um sich, dass sogar seine Kameraden zurückwichen und sich lieber von den beiden Kämpfenden fernhielten.

Käpten Sturm wehrte alle Schläge seines Gegners gekonnt ab. Dabei lächelte er fast unmerklich in sich hinein. Denn er hatte genau das erreicht, was er wollte: Er hatte seinen Gegner wütend gemacht, sodass dieser die Beherrschung verloren hatte und nicht mehr richtig nachdachte. Und der Rest der Piraten schaute jetzt einfach nur zu und ließ Rotfuchs und ihn alleine kämpfen.

Hoffentlich erinnerte sich Safira noch an ihr Gespräch auf dem Schiff und würde seiner stummen Aufforderung folgen ...

In diesem Moment zersprang die Fensterscheibe in tausend Scherben.

Verdutzt hielt Rotfuchs inne und starrte auf das große Loch im Fenster.

Ja, Safira hatte begriffen, was ihr Freund Boynen wollte. Und weil das Fenster sich wohl nicht so leicht öffnen ließ, hatte sie sich etwas einfallen lassen: Sie hatte mit dem Pflasterstein, über den sie kurz zuvor gestolpert war, die Scheibe zerstört. Der Weg nach draußen war jetzt frei.

Darauf hatte Käpten Sturm gewartet. Während alle entsetzt auf das kaputte Fenster starrten, nahm er Anlauf und hechtete mit einem kühnen Sprung nach draußen.

Dort rollte er sich geschickt ab und kam völlig unverletzt wieder auf die Beine. „Danke, Safira!", japste er. „Du bist eine gute

Schülerin. Und jetzt müssen wir so schnell rennen, wie wir noch nie gerannt sind!"

Das ließ sich Safira nicht zweimal sagen – sie spurtete los.

Käpten Sturm folgte dem athletischen Mädchen, das schneller laufen konnte als die meisten Erwachsenen, obwohl sie ja erst elf war.

Doch bereits Sekunden später öffnete sich die Tür und zwanzig Piraten verließen das Wirtshaus.

„Hundert Goldstücke für den, der die beiden zur Strecke bringt!", rief Rotfuchs zornig. „Sie dürfen nicht entkommen! Schnappt sie euch! Und dann lassen wir sie nie wieder frei."

Sofort nahmen seine drei besten Männer die Verfolgung auf. Man nannte sie Panther, Puma und Gepard. Zu Recht, denn sie waren bekannt für ihre außergewöhnliche Schnelligkeit ...

13. Das Vermächtnis der Schmuggler

Jetzt haben wir aber ganz schön lange gelesen. Es ist spät geworden", sagte Mama. „Deshalb ist für heute endgültig Schluss."

„Kommst du noch kurz mit hoch?", fragte Anne ihren Opa.

„Ja, klar", antwortete dieser. Dabei zwinkerte er seinen Enkelkindern verschwörerisch zu.

Beide begriffen sofort, dass er ihnen noch irgendetwas Interessantes erzählen wollte.

Lenny sprang auf. „Na, dann los!"

Seine Mutter schaute ihn erstaunt an. „Du hast es aber eilig, ins Bett zu kommen. Was ist denn mit dir los? Sonst machst du doch immer Probleme."

„Heute ist eben eine Ausnahme", erwiderte Lenny grinsend.

„Na, mir soll's recht sein", gab sich seine Mutter zufrieden, ohne weiter nachzufragen.

Nachdem sie den Eltern Gute Nacht gesagt hatten, verließen die drei die Küche und gingen in Lennys Zimmer.

Dort setzte Opa Abraham eine geheimnisvolle Miene auf. „Wie ihr wisst, habe ich mal im Stadtarchiv gearbeitet."

„Was ist ein Stadtarchiv?", hakte Anne sofort nach.

„Das ist eine Einrichtung der Stadt, in der Dokumente aufbewahrt werden. Also wichtige Urkunden, die die Verwaltung oder auch die Geschichte der Stadt betreffen. Es gibt alte Baupläne und Papiere, die sogar bis ins Mittelalter zurückgehen. Und stellt euch vor: In diesem Archiv habe ich etwas über euer Haus gelesen!"

„Was denn?", wollte Lenny wissen.

„Dieses Haus war tatsächlich mal ein Schmugglerhaus, also ein Haus, in dem Schmuggelware versteckt wurde."

Anne runzelte die Stirn. „Und warum haben die Leute das gemacht?"

„Früher hat man ja für alles, was vom Ausland eingeführt wurde, sehr hohe Zölle zahlen müssen. Wenn jemand zum Beispiel Schmuck aus Silber, Gold oder Kupfer ins Land brachte – oder auch Gewürze –, musste er sehr viel Geld an die Landesherren zahlen. Die Landesherren haben kräftig abkassiert und sich damit sozusagen eine goldene Nase verdient.

Aber die Zölle waren manchmal so hoch, dass es sich für die Händler gar nicht mehr gelohnt hat. Und deshalb wurde kräftig geschmuggelt."

„Wie haben die Schmuggler das gemacht?", fragte Lenny.

„Na, da kam zum Beispiel ein Segelschiff aus England. Aber anstatt in einem Hafen anzulegen, haben sie hier vor unserer Küste ihren Anker ausgeworfen. Und zwar mitten in der Nacht, damit niemand sie bemerkte. Dann haben sie die Schmuggelware heimlich auf Boote umgeladen und an den Strand gebracht. Und wisst ihr, was ich besonders spannend finde?"

Anne und Lenny schüttelten den Kopf, worauf Opa Abraham fortfuhr: „Es gab sogar einen Geheimgang, der direkt vom Strand in dieses Haus geführt hat!"

„Wirklich?", fragte Lenny erstaunt.

„Ja, durch diesen Geheimgang wurden die Sachen hierhergebracht und dann hier versteckt. Anschließend konnte man die Schmuggelware verkaufen, ohne Zoll bezahlen zu müssen."

„Wurde dieser Geheimgang jemals entdeckt?", erkundigte sich Lenny.

„Nein, genauso wenig wie all die anderen Schlupfwinkel. Wisst ihr, in diesem Haus wimmelt es offenbar nur so von geheimen Räumen und Zugängen, die erst noch gefunden werden müssen."

„Meinst du, dass Käpten Sturm sie damals gefunden hat?"

„Bestimmt! Ich bin mir sicher, dass er sich bestens in diesem Schmugglerhaus auskannte und an manchen Stellen selber etwas versteckt hat."

Opa Abraham hielt inne und seufzte wehmütig. „Ach, wie gerne würde ich mal so einen Geheimgang betreten. Das wäre sicher sehr aufregend!"

Lenny und Anne warfen sich einen Blick zu. Sollten sie ihren Opa einweihen?

Sie nickten einander zu.

„Opa, wir haben gestern einen dieser Geheimgänge entdeckt!" Lennys Augen funkelten vor Stolz.

Zweifelnd schaute Opa Abraham seinen Enkel an. „Du machst Witze!"

Anne schüttelte den Kopf. „Nein, es ist wirklich wahr, Opa. Lenny hat gleich in der ersten Nacht einen Geheimgang entdeckt. Sollen wir ihn dir zeigen?"

„Da fragt ihr noch? Aber sicher! Seitdem ich zum ersten Mal von diesem Haus gehört habe, wünsche ich mir, einen solchen Geheimgang zu betreten."

Lenny stand auf und griff nach dem Besen, der in der Ecke des Zimmers lehnte. Mit der Spitze des Besenstiels drückte er nun gegen den quadratischen Vorsprung in der Decke. „Sesam, öffne dich!", murmelte er dabei.

Und plötzlich war wieder der Mechanismus zu hören, durch den sich die geheime Tür öffnete.

Opa Abraham konnte es kaum fassen. Begeistert klopfte er beiden auf die Schulter. „Das ist ja wirklich toll! Und jetzt möchte ich alles sehen, was ihr dort entdeckt habt. Wer geht voran?"

„Ich", bestimmte Lenny, der genau wusste, dass Anne vor möglichen Spinnweben zurückschreckte.

Nachdem sie sich durch die Öffnung gezwängt hatten, kletterten sie die Leiter hinauf, die auf den Dachboden führte. Anschließend stiegen sie diese wieder hinab, um die Wendeltreppe in den Keller hinunterzugehen.

„Endstation!", bemerkte Anne, als sie ganz unten die massive Holztür erreichten.

„Genau", sagte Lenny. „Hier geht es nicht weiter."

„Lasst mich mal sehen!" Opa Abraham zwängte sich auf der Wendeltreppe an Lenny vorbei und inspizierte die Tür. „Habt ihr schon nach dem Schlüssel gesucht?"

„Nur ganz kurz", meinte Lenny. „Denn wir wissen gar nicht, *wo* wir danach suchen könnten."

Opa Abraham schaute sich das Schloss genauer an. „Das ist ein altes Buntbartschloss, das sich mit einem großen Schlüssel öffnen lässt. Wir müssen hier einfach jeden Winkel nach so einem Schlüssel absuchen. Aber jetzt ist es Zeit, dass ihr ins Bett geht. Morgen ist auch noch ein Tag."

Sie kehrten in Lennys Zimmer zurück und machten die geheime Tür hinter sich zu.

„Ich freue mich wirklich sehr, dass ihr mich in euer Geheimnis eingeweiht habt", sagte Opa Abraham lächelnd.

„Es hat uns Spaß gemacht, dir diesen Gang zu zeigen", versicherte Anne.

Lenny nickte bestätigend.

„Was meint ihr – könntet ihr mir vielleicht noch etwas versprechen?", fragte Opa Abraham zögernd. „Wärt ihr bereit, mir auch in Zukunft gleich Bescheid zu sagen, sobald ihr ein Geheimversteck oder einen neuen Geheimgang gefunden habt? Es kann nämlich sehr gefährlich sein, wenn man solche Räume auf eigene Faust erkundet. Denkt an das, was Lenny in der Scheune passiert ist!"

Opa Abraham hielt kurz inne, bevor er mit ernster Miene fortfuhr: „Und nicht immer geht es gut, wenn man leichtsinnig ist. Ich habe erst neulich in der Zeitung gelesen, dass ein Junge beinahe in einem Geheimgang ums Leben gekommen wäre."

„Warum denn das?", fragte Anne entsetzt.

„Der Gang führte unter einer Sanddüne hindurch und war schlecht gesichert. Als der Junge mittendrin war, ist der Gang über ihm zusammengestürzt. Er konnte gerade noch gerettet werden, sonst wäre er unter dem Sand erstickt. Also denkt bitte daran, dass so etwas brandgefährlich sein kann!"

„Machen wir", versprachen Lenny und Anne sofort. Sie mochten ihren Opa und hatten Vertrauen zu ihm. Vielleicht konnte er ihnen ja sogar dabei helfen, die Tür im Keller zu öffnen!

Eine halbe Stunde später lagen Lenny und Anne in ihren Betten. Da Opa Abraham und Oma Sarah in Annes Zimmer einquartiert waren, teilten sich die beiden Geschwister Lennys Zimmer. Anne war eigentlich ganz froh darüber. So konnten sie noch ein wenig über all das Aufregende reden, das seit ihrem Umzug passiert war.

„Du, Lenny! Meinst du, dass es wirklich einen Geheimgang gibt, der von unserem Haus zum Strand führt?", fragte sie ihren Bruder.

„Wir können ja morgen früh mal zum Strand laufen und nachschauen", schlug er vor. „Die Ostsee befindet sich ja direkt hinter dem Wald, gar nicht weit weg von hier."

Anne schaute zu ihm hinüber. „Aber wenn die Ostsee so nah ist, wie du sagst, warum sind wir dann nicht schon längst dort gewesen?"

„Keine Ahnung! Vielleicht, weil es heute und gestern fast immer geregnet hat – oder weil wir anderes zu tun hatten."

„Meinst du, du findest den Weg zum Strand?"

Lenny grinste. „Klar! Papa hat in der Küche eine Karte von Bodenwald aufgehängt. Die habe ich mir angeschaut. Gleich hinter dem Haus beginnt ein kleiner Pfad, der durch den Wald direkt zum Strand führt."

„Da bin ich aber gespannt!", sagte Anne gähnend.

Es dauerte nicht mehr lange, bis beide eingeschlafen waren und von Schmugglern, Piraten und Geheimgängen träumten.

Am anderen Morgen schaute Anne enttäuscht aus dem Fenster. „Es regnet schon wieder! Dabei wollten Lenny und ich an den Strand gehen."

„Also, heute soll es leider den ganzen Tag regnen", meinte ihr Vater mit einem Blick auf sein Smartphone. „Das heißt – nein, zwischendrin scheint wohl auch mal für ein bis zwei Stunden die Sonne. In dieser Zeit könnt ihr ja zur Ostsee laufen, wenn ihr wollt. Der Strand ist gar nicht weit weg."

Lenny wandte sich an Opa Abraham. „Ist hier in Bodenwald eigentlich immer so schlechtes Wetter? Seitdem wir hier sind, hat es fast nur geregnet und gestürmt."

Opa Abraham schüttelte den Kopf. „Nein, im Gegenteil – in den letzten Wochen war es viel zu trocken. Wir sind sehr froh, dass es endlich mal wieder kräftig regnet. Also mach dir um das Wetter keine Sorgen. Das wird schon wieder besser."

„Jetzt sollten wir erst einmal gemütlich frühstücken", schlug Mama lächelnd vor. „Ich habe frische Brötchen gebacken. Und Oma Sarah hat mehrere Gläser mit leckerer Birnenmarmelade mitgebracht."

Papa nickte. „Und danach haben wir Zeit, um die Logbücher von Käpten Sturm weiterzulesen. Ich finde, so ein Regentag hat auch seine guten Seiten ..."

„... aber nur, wenn man etwas Spannendes zum Lesen hat!", ergänzte Mama.

Also setzten sich nach dem Frühstück alle wieder vor den Kamin und Opa Abraham griff nach dem nächsten Teil des Logbuchs.

14. IN HÖCHSTER GEFAHR

Es war stockdunkel in Wargate. Die Straßen waren wie leer gefegt. Niemand war unterwegs.

Niemand – nein, das stimmte nicht: Ein als Junge verkleidetes Mädchen und ein blonder junger Seefahrer liefen durch die engen Gassen.

Ja, Safira und Boynen rannten, so schnell sie konnten, und schauten sich nicht um. Was hätte es ihnen auch genützt?

Vielleicht ja doch etwas. Denn wenn sie sich umgesehen hätten, dann hätten sie drei Piraten bemerkt, die in rasantem Tempo aufholten. Und sie hätten wahrscheinlich den Plan dieser drei Piraten durchschaut.

Panther, Puma und Gepard waren nämlich nicht nur schnell, sondern auch schlau. Sie wussten genau, dass sie den beiden Flüchtenden bald dicht auf den Fersen sein würden. Aber sie wussten auch, dass diese sich nicht kampflos ergeben würden. Und deshalb beschlossen sie, ihnen eine Falle zu stellen.

Zuerst bogen sie rechts ab, dann wieder links. Auf diese Weise spurteten sie immer noch in dieselbe Richtung wie Safira und Boynen, ohne dass diese es merkten.

„Wir sind gleich am Hafen!", keuchte Safira

Boynen schaute sich um. „Sehr gut! Denn ziemlich weit hinten sehe ich eine Meute Piraten, die alle schwer bewaffnet sind."

„Hoffentlich schaffen wir es bis zum Ruderboot!"

„Das hoffe ich auch, denn diesen Typen möchte ich nun wirklich nicht noch einmal in die Hände fall…"

Bestürzt brach Boynen ab. Soeben waren nämlich Panther, Puma und Gepard aus einer Seitengasse herausgekommen –

wie aus dem Nichts. Doch anstatt ihnen entgegenzugehen, blieben die drei einfach stehen und warteten.

Boynen und Safira befanden sich in einer langen, engen Gasse. Rechts und links von ihnen ragten hohe Mauern auf, über die man nicht so einfach klettern konnte. Und es gab keinen Durchgang oder Spalt, durch den man hätte entkommen können.

Die letzte Abzweigung lag mindestens fünfzig Meter hinter ihnen. Sollten sie dorthin zurücklaufen?

Boynen schaute sich um. Nein, das war auch nicht mehr möglich. Denn die ersten schwer bewaffneten Piraten erreichten soeben diese Weggabelung und bauten sich dort auf. Sie zückten ihre Messer, Säbel und Degen, um den Flüchtenden den Rückweg abzuschneiden.

Und vorne warteten Panther, Puma und Gepard auf sie.

Entsetzt stellte Boynen fest, dass sie in der Falle saßen. Und leider gab es hier kein Fenster, durch das sie entkommen konnten.

Aber direkt neben ihnen entdeckte er plötzlich eine kleine, schmale Holztür, die ihm bisher gar nicht aufgefallen war. Hoffnung keimte in ihm auf.

Komischerweise gab es jedoch keine Klinke. Und die Tür ließ sich auch nicht aufdrücken, weil sie wahrscheinlich auf der anderen Seite mit einem Riegel verschlossen war.

„Es sieht ganz schlecht aus", raunte Boynen Safira zu.

„Was machen wir nur?", wisperte sie zurück.

Boynen zuckte mit den Schultern. „Keine Ahnung, wie wir hier mit heiler Haut wieder rauskommen können."

„Auf wen warten die eigentlich?", fragte Safira nun. Sie wunderte sich darüber, dass sowohl die nachfolgende Meute als auch die Piraten vor ihnen an Ort und Stelle stehen blieben.

Boynen brauchte ihr keine Antwort zu geben. Denn schon hörten sie die Stimme von Rotfuchs, der soeben seine Männer erreicht hatte. Von hinten rief er ihnen spottend zu: „Habt ihr wirklich geglaubt, dass ihr uns entkommen würdet? Ihr seid umzingelt! Ergebt euch lieber freiwillig!"

Boynen überlegte, ob er seinen Degen ziehen sollte. Aber hatte das gegen diese Übermacht an Piraten überhaupt noch einen Sinn?

Nein, auf einen Kampf durften sie sich auf keinen Fall einlassen.

„Gib mir zwei Minuten Bedenkzeit!", rief er daher Rotfuchs zu.

„Warum so lange warten? Du hast keine Chance!"

„Zwei Minuten! Die Zeit wirst du doch wohl noch haben!"

„Na gut! Zwei Minuten, aber keine Sekunde länger!", willigte Rotfuchs ein.

Boynen schaute auf die Mauer, in der sich die Holztür befand. Dann hatte er plötzlich eine Idee. „Ich bin deine Leiter!", flüsterte er Safira ins Ohr.

Safira verstand sofort, was er meinte. Sie trat zwei Meter zurück und nahm Anlauf. Boynen streckte inzwischen seine Arme etwas nach vorne und verschränkte seine Hände ineinander.

Nun trat Safira schwungvoll mit ihrem linken Fuß auf diese improvisierte Leitersprosse und dann mit dem rechten Fuß auf Boynens Schulter. Den Schwung ausnutzend, katapultierte sie sich von dort aus noch weiter in die Höhe.

Es war ein tolles Kunststück, das Safira nur durch ihr ständiges Training und ihre einzigartige Sprungtechnik fertigbrachte. Denn die Mauer war eigentlich viel zu hoch.

Safira schaffte es gerade, mit ihren Fingerspitzen den Rand der Mauer zu fassen. Geschickt zog sie sich hoch und sprang auf der anderen Seite sofort wieder hinunter. Um einen harten Aufprall auf dem Boden zu vermeiden, rollte sie sich elegant ab und kam direkt hinter der Tür zum Stehen.

Blitzschnell schob sie nun den Riegel zurück, damit Boynen hindurchschlüpfen konnte. Dann verschloss sie die Tür sofort wieder.

Die völlig verdutzten Piraten brauchten ein paar Sekunden, bis sie begriffen, was sich soeben vor ihren Augen abgespielt hatte. Safiras unglaublicher Sprung auf die Mauer, den sie eigentlich gar nicht für möglich gehalten hätten, hatte ihnen buchstäblich die Sprache verschlagen.

Doch nun rannten sie los und erreichten kurz darauf die verriegelte Holztür. Wütend schlugen sie mit ihren Fäusten dagegen. Als das nichts nützte, nahmen sie ihre Füße und Schultern zu Hilfe.

Aber die massive Tür hielt allem stand.

Unterdessen hatten sich Safira und Boynen auf der anderen Seite umgeschaut: Sie befanden sich auf einem Friedhof mit vielen Gräbern. Hinter den Gräbern sahen sie eine Friedhofskapelle – zu klein, um sich darin verstecken zu können.

Die beiden wussten, dass sie auch jetzt nur wenig Zeit hatten. Denn irgendwann würde es den Piraten entweder gelingen, die Tür einzutreten oder, wie Safira es vorgemacht hatte, die Mauer zu überwinden.

Und sie mussten auch damit rechnen, dass ihre Gegner den Friedhof von einer anderen Seite betreten würden.

Also beeilten sie sich, den Friedhof zu überqueren. Sie verließen ihn durch den Haupteingang und traten erneut in eine dunkle Gasse.

„Wir müssen uns etwas einfallen lassen", raunte Boynen Safira zu. „In diese Richtung geht es zum Hafen. Aber ich fürchte, wir schaffen es nicht bis dorthin, weil die Piraten gleich auftauchen werden."

Boynen und Safira waren nur wenige Schritte gelaufen, als sie eine Scheune entdeckten, deren Tür einen Spalt geöffnet war.

„Dahinein!“, flüsterte Boynen.

Sie schlüpften in die Scheune und machten die Tür wieder zu. Leider ließ sie sich nicht von innen mit einem Riegel verschließen.

Drinnen war es finster, sodass sie ein wenig Zeit brauchten, bis sich ihre Augen an die Dunkelheit gewöhnt hatten.

„Wir müssen uns verstecken!“, drängte Safira.

Boynen nickte. „Wir verstecken uns im Heu“, bestimmte er, obwohl ihm klar war, dass die Piraten dort als Erstes suchen würden. Aber ihm fiel nichts Besseres ein.

Gesagt, getan. Kurze Zeit später lagen beide in der Nähe der Scheunenwand und warteten wie gebannt darauf, dass sich die Tür öffnen würde.

Während ein Teil seiner Leute es schaffte, die Mauer zum Friedhof zu überwinden, lief Rotfuchs mit einigen anderen um den Friedhof herum. Und bald erreichten sie die Scheune, in der sich Safira und Boynen versteckt hielten.

Rotfuchs trat an die Tür und stieß sie auf.

„Ich könnte wetten, dass die beiden dort drinnen in einem Eck kauern!“, sagte einer der Piraten.

„Möglich“, meinte Rotfuchs. „Es kann aber auch sein, dass sie zum Hafen gerannt sind.“

„Das ist doch prima. Dann laufen sie Panther, Puma und Gepard direkt in die Arme“, krächzte ein Pirat, den man Löffelohr nannte. „Die haben keine Chance.“

Rotfuchs nickte und wandte sich an seine Männer: „Alle herhören! Wir teilen uns auf. Die meisten von euch gehen zum

Hafen und unterstützen unsere Leute dort. Nur drei von euch brauche ich hier."

Er schaute auf Löffelohr und zwei weitere Piraten, die man Glasauge und Rotznase nannte. „Ihr durchsucht mit mir die Scheune", befahl er. „Schnappt euch am besten ein paar Heugabeln und stecht in die Heuhaufen hinein. Wenn sich die beiden dort versteckt halten, werden sie schon rechtzeitig rauskommen."

Also verschwanden die meisten Piraten in Richtung Hafen, während Glasauge, Rotznase und Löffelohr mit Rotfuchs zusammen bei der Scheune blieben.

„Wir wissen, dass ihr hier seid", rief Rotfuchs laut zur Tür hinein. „Kommt lieber freiwillig raus, sonst wird es ungemütlich."

Er lauschte, aber nichts tat sich.

„Ich habe euch gewarnt. Na gut! Jetzt seid ihr dran." Er gab seinen Leuten ein Zeichen.

Diese betraten sofort die Scheune und fingen an, mit Heugabeln im Heu herumzustochern ...

Safira und Boynen rührten sich immer noch nicht. Aber sie fühlten sich sehr unwohl. Denn es war nur noch eine Frage der Zeit, bis man sie entdecken würde!

Im Hafen warteten Brummel und Seebär ungeduldig auf Boynen.

„Wo ist eigentlich Safira geblieben?", fragte Seebär plötzlich.

Brummel schaute ihn erschrocken an. „Stimmt! Ich habe sie schon lange nicht mehr gesehen."

„Das fehlt uns gerade noch, dass wir jetzt auch noch nach ihr suchen müssen."

„Vielleicht ist sie zum Wirtshaus zurückgelaufen", überlegte Brummel.

Seebär schlug sich an den Kopf. „Stimmt! Sie hat doch gesagt, sie würde ihre Kette vermissen. Aber ich kann mir nicht vorstellen, dass sie sich deswegen in Gefahr begibt."

„Ich mir schon. Die Kette stammt ja von ihrer Familie und Safira hängt sehr daran."

Während Seebär und Brummel noch überlegten, was sie jetzt tun sollten, tauchten vor dem Ruderboot plötzlich drei schwer bewaffnete Piraten auf.

„Da sind die zwei Typen, die mit diesem Gauner im Pub waren!", rief Puma seinen Begleitern zu.

„Los, die schnappen wir uns!", erwiderte Panther.

Mit drohender Miene traten sie noch näher an das Ruderboot heran, in dem Brummel und Seebär warteten.

„Aussteigen!", befahl Gepard. „Sonst durchbohren wir euch mit unseren Säbeln."

Während Seebär wortlos das Ruderboot verließ, grinste Brummel selbstbewusst. „Aber nur, wenn ihr uns etwas zum Frühstück mitgebracht habt. Am liebsten mögen wir Birnenmarmelade und frische Brötchen."

Panther war von dieser Dreistigkeit so beeindruckt, dass er nicht anders konnte, als ebenfalls zu grinsen. „Hier in Großbritannien haben wir keine frischen Brötchen und auch keine Birnenmarmelade. Aber wie wär's mit Degen, Säbeln und Messern?", entgegnete er.

Seebär lachte. „Hört sich auch nicht schlecht an."

Dann packte er Gepard und Puma jeweils am Oberarm und schleuderte sie gegeneinander. Weil Seebär so unglaublich stark war, stießen sie frontal zusammen und fielen anschließend ohnmächtig zu Boden.

Brummel holte aus und gab Panther, der gar nicht so schnell schauen konnte, eine schallende Backpfeife. Das reichte, um ihn ebenfalls außer Gefecht zu setzen.

Schnell fesselten Seebär und Brummel nun ihre drei Gegner.

Kaum waren sie damit fertig, kamen jedoch acht weitere Piraten aus den Gassen herausgestürmt.

Seebär blickte Brummel erstaunt an. „Du, schau mal. Da sind ja noch mehr solche Knalltüten."

Brummel nickte. „Stimmt. Da muss irgendwo ein Nest sein."

„Ich hoffe nur, dass uns diese Frühstücks-Portionen nicht zu groß sind!", schmunzelte Brummel, während er auf die Piraten zurannte. Mit seinen Fäusten streckte er – sozusagen im Vorbeigehen – gleich vier von ihnen zu Boden.

Seebär folgte ihm, drehte sich wie ein Kreisel um die eigene Achse und kümmerte sich um die übrigen vier.

Doch wie aus dem Nichts erschienen nun noch weitere Piraten. Sie zogen ihre Messer und Säbel und umzingelten die beiden Matrosen.

Safira und Boynen harrten unterdessen weiterhin in ihrem Versteck aus und hofften auf ein Wunder. Rotznase und Glasauge waren nur noch einen Meter von ihnen entfernt und stachen so tief ins Heu hinein, dass ihnen sehr unbehaglich zumute wurde.

Doch plötzlich fingen die Piraten an zu niesen. Der vom Heu aufgewirbelte Staub stieg Rotfuchs, Rotznase, Glasauge und

Löffelohr derart in die Nase, dass sie einen heftigen Nies-Anfall bekamen.

Und weil der Niesreiz einfach nicht aufhören wollte, verließen sie fluchtartig die Scheune. Draußen konnten sie Luft schnappen und sich dann ein schützendes Tuch vor Mund und Nase binden.

Glücklicherweise hatten sich Safira und Boynen die ganze Zeit die Nase zugehalten und durch den Mund geatmet, sodass es ihnen nicht so ergangen war wie den Piraten.

„Das war knapp!", raunte Boynen.

„Was machen wir?", jammerte Safira verzweifelt. „Die kommen gleich wieder. Und dann werden sie uns gefangen nehmen!"

Käpten Sturm schüttelte den Kopf. „Das werde ich nicht zulassen. Ich werde mit ihnen kämpfen."

Währenddessen waren Seebär und Brummel bereits in einen heftigen Kampf verwickelt. Mit beiden Fäusten versuchten sie, sich ihre Gegner vom Leib zu halten.

Mittlerweile hatten sich nämlich fast alle Piraten am Hafen eingefunden.

Aber Brummel und Seebär kämpften tapfer weiter, denn das Wort *aufgeben* kannten sie nicht. Obwohl Seebär sehr gut lesen konnte, hatte er dieses Wort noch nie in dem Wörterbuch, das in einer Ecke seiner Küche stand, entdeckt.

Doch wie lange würden die beiden tapferen Matrosen noch durchhalten können?

15. Die Ostsee

Opa Abraham setzte das Logbuch ab. „So, jetzt müssen wir unsere Leserunde mal unterbrechen und etwas arbeiten. Denn deshalb sind Oma und ich ja eigentlich hier."

„Wir können doch nicht an so einer spannenden Stelle aufhören!", protestierte Lenny entrüstet.

„Doch", sagte seine Mutter, während sie sich umschaute. Sie sah noch so viele Kleinigkeiten, die erledigt werden mussten.

„Nimm es mal sportlich", meinte Papa. „Die Sonne scheint. Und meine Wetter-App sagt mir, dass es erst in zwei Stunden wieder regnen wird."

„Na gut", gab Lenny nach. „Aber danach lesen wir weiter."

Rasch zogen die Geschwister Gummistiefel und Regenjacken an. Dann verließen sie das Haus und suchten den Pfad, der zum Meer führte.

„Dort ist er", rief Lenny. „Auf geht's!"

„Müssen wir wirklich da entlanggehen? Alles ist doch noch total nass", wandte Anne ein.

„Deshalb haben wir ja Regensachen angezogen. Und jetzt komm! Ich will endlich die Ostsee sehen. Und vielleicht finden wir ja auch den Geheimgang, der zu unserem Haus führt."

Sie folgten dem schmalen Pfad durch den dichten Wald. Die Strecke war allerdings doch etwas länger, als Lenny sich das vorgestellt hatte.

Doch nach etwa zwei Kilometern erreichten sie endlich das Meer: Hinter einem traumhaft schönen Sandstrand lag es dunkelblau schimmernd vor ihnen.

„Oh! Ist das schön!", rief Anne begeistert.

Lenny nickte, kletterte auf einen Felsen und sprang auf den weißen Sand hinunter.

Anne folgte ihm und zog ihre Gummistiefel und ihre Socken aus. Mit nackten Füßen trat sie ins Wasser, hüpfte im nächsten Augenblick jedoch wieder zurück. „Iiih, das ist ja eisig kalt!"

„Das hätte ich dir gleich sagen können", kicherte Lenny. „Wir haben immerhin erst Mitte Februar. Aber in den nächsten Wochen wird es sicherlich etwas wärmer werden."

„Ich finde es toll hier. Können wir nicht jeden Morgen an den Strand gehen?", fragte Anne.

„Ich weiß nicht. Nächste Woche sind unsere Winterferien vorbei."

„Stimmt!", sagte Anne. „Ich freue mich schon auf die neue Schule und meine neuen Klassenkameraden."

Lenny schwieg, denn er freute sich überhaupt nicht darauf. Im Grunde hatte er sogar ein wenig Angst davor. Was war, wenn ihn in der neuen Klasse niemand mochte und er keine Freunde fand?

Schnell versuchte er, an etwas anderes zu denken, und ihm fiel auch gleich etwas ein: „Komm, wir suchen nach dem Geheimgang", schlug er seiner Schwester vor.

„Gute Idee", meinte Anne.

Eifrig forschten sie zuerst am Strand und dann auch im Wald danach.

Aber sosehr sie auch suchten – sie konnten nirgends eine Stelle finden, die der Einlass zu einem Geheimgang sein konnte. Und als es nach zwei Stunden so aussah, als ob es bald wieder regnen würde, kehrten sie schnell wieder zum Schmugglerhaus zurück – gerade rechtzeitig zum Mittagessen.

Nach dem Essen war Mama glücklicherweise bereit, eine Pause zumachen. Daher konnte es mit Käpten Sturms Geschichte weitergehen ...

16. FLUCHT AUS WARGATE

Käpten Sturm wollte soeben sein Versteck verlassen, um mit seinen Gegnern zu kämpfen. Da hielt ihn Safira zurück: „Boynen, warte bitte!"

„Warum?", fragte er.

Safira, die weiche Lederschuhe trug, hatte unter ihren Füßen eine leichte Unebenheit gespürt. Dabei war ihr ein Blitzgedanke gekommen. Schnell schob sie das Heu ein wenig zur Seite, worauf eine Klapptür zum Vorschein kam. „Ich habe eine bessere Idee!", sagte sie und zeigte darauf.

„Diese Idee gefällt mir tatsächlich besser", flüsterte Boynen.

Er bückte sich und fasste in eine Ritze, um die Tür nach oben zu ziehen. Aber sie klemmte zu fest im Boden und ließ sich nicht bewegen.

„Hilf mir mal!", raunte er Safira zu.

Daraufhin beugte sie sich ebenfalls nach unten, und gemeinsam gelang es ihnen, die Klapptür zu öffnen.

„Ein geheimer Gang mit einer Treppe!", stellte Safira mit leuchtenden Augen fest. Sofort kletterte sie hinein.

Boynen rückte zwei Ballen Heu an die schräg stehende Klapptür heran und lehnte sie dagegen. Dann erst folgte er Safira. Dabei senkte er die Tür ganz vorsichtig über sich ab.

Und was er beabsichtigt hatte, gelang tatsächlich: Die beiden Heuballen bedeckten die Klapptür nun vollständig, sodass man diese nicht mehr sehen konnte.

Nach einer kurzen Weile kehrten Glasauge, Löffelohr und Rotznase zurück in die Scheune. Sie nahmen die Heugabeln und setzten ihre Suche fort. Diesmal hatten sie Nase und Mund mit einem Tuch bedeckt, sodass sie nicht mehr niesen mussten.

Doch sie fanden die beiden Gesuchten genauso wenig wie die verborgene Klapptür.

Ärgerlich marschierten sie schließlich zum Hafen, wie Rotfuchs es ihnen befohlen hatte.

Er selbst war jedoch schon längst in eine andere Richtung gegangen. Er ahnte nämlich, wo er die Flüchtenden aufspüren konnte.

Seebär und Brummel schlugen wild um sich und ließen niemanden an sich heran. Aber leider erhoben sich jetzt auch jene Piraten wieder, die sie am Anfang außer Gefecht gesetzt hatten. Und es gesellten sich noch Glasauge, Rotznase und Löffelohr hinzu, die sofort ihre Säbel zogen.

Die Lage der beiden Matrosen schien hoffnungslos zu sein. Die Piraten waren einfach in der Überzahl.

Da hatte Seebär plötzlich einen Einfall. Er riss seine rechte Hand in die Luft und schrie, so laut er konnte: „Stopp!"

Seine Stimme war so durchdringend, dass alle unwillkürlich innehielten und ihn anstarrten.

Seebär nutzte den Schreckmoment und fuhr fort: „He, Leute! Hört doch erst einmal zu, was ich euch zu sagen habe. Dann können wir weitermachen."

Aber die Piraten wollten nicht auf ihn hören, sondern hoben schon wieder ihre Fäuste.

Zum Glück legte Gepard, der mittlerweile von seinen Kameraden wieder losgebunden worden war, seine Finger in den Mund und pfiff ganz laut.

Jetzt richteten sich alle Blicke auf ihn.

„Habt ihr nicht gehört, was der Dicke vorgeschlagen hat? Er möchte mit uns reden. Bin gespannt, was er uns zu sagen hat."

„Genau, ich möchte euch etwas verraten!", sagte Seebär. „Wer von euch kennt die Pest?"

Zögernd hob einer nach dem anderen die Hand. Die meisten wussten zwar nichts mit dem Wort *Pest* anzufangen, aber das wollte keiner zugeben.

„Gut! Und für alle, die sich nur aus Versehen gemeldet haben, erkläre ich kurz, was das ist: Die Pest ist eine schwere Krankheit, an der im Mittelalter sehr viele Menschen gestorben sind. Sie ist hochansteckend und tötet auch noch heute jeden, der damit in Berührung kommt."

„Na und? Was geht uns das an?", fragte Puma stirnrunzelnd. Er hatte den Verdacht, dass Seebär einfach nur Zeit schinden wollte.

Der holte jedoch ein kleines Fläschchen aus der Tasche und hielt es gut sichtbar in die Luft.

„Dieses Fläschchen hier enthält die Pest. Sobald ich es auf den Boden schmeiße, werden sich rote Pestschwaden verbreiten. Man merkt es an dem beißenden Geruch, der entsteht, wenn das Glas am Boden zerschellt. Und wer die Pestschwaden in die Nase bekommt, stirbt – es sei denn, er wäscht seine Nase sofort mit Salzwasser aus. Denn Salz rettet Leben."

Seebär schmetterte das Fläschchen zu Boden, worauf es sofort in tausend Scherben zersprang. Und tatsächlich stieg roter Rauch auf, der sich durch den leichten Wind schnell verbreitete.

Alle Piraten starrten voller Entsetzen auf die Rauchwolke, die sich ihnen näherte. Als Ersten erreichte sie Rotznase. Ein scharfer Geruch drang in seine übergroße, immer feuchte Nase, sodass diese schlagartig trocken wurde.

„Das ist der Tod!", schrie er voller Panik. „Ich habe die Pestschwaden eingeatmet. Ich muss sterben!"

Dann fiel ihm ein, was Seebär gesagt hatte. Er rannte davon, sprang jammernd ins Wasser und spülte sich sofort seine Nase mit Meerwasser aus.

Mittlerweile rochen alle Piraten dasselbe und stoben in panischer Angst auseinander. Einige liefen durch die Gassen davon, andere sprangen, wie Rotznase, sofort ins Wasser und wuschen sich ebenfalls Mund und Nase aus.

Brummel hingegen schnüffelte begeistert. „Hey, toll! Endlich ist mein Schnupfen weg! Was ist das?"

Seebär grinste verschmitzt. „Natürlich sind das keine Pestschwaden. Das Zeug ist völlig harmlos."

„Woher hast du es denn?", wollte Brummel wissen, während er sich das Lachen verkniff.

„Vom Käpten. Hat er selbst erfunden und mir zur Aufbewahrung gegeben."

„So gehst du also mit Boynens Sachen um!", rügte ihn Brummel im Scherz. „Seebär, alter Kumpel – das hast du richtig gut gemacht!"

Ja, Käpten Sturm war nicht nur ein Abenteurer und der Kapitän der *Esmeralda*, sondern auch ein genialer Erfinder, der sich ganz hervorragend in den Naturwissenschaften auskannte. Und seine chemischen Versuche hatten Seebär und Brummel soeben das Leben gerettet.

Seebär schlug Brummel auf die Schulter. „Komm, wir steigen ins Ruderboot und legen ab, bevor diese miesen Typen dahinterkommen, dass das mit der Pest nur ein Schwindel war."

„Und was ist mit Boynen und Safira?", erkundigte sich Brummel.

„Ich habe mit Boynen vereinbart, dass wir schon einmal rausfahren und fünfzig Meter vom Ufer entfernt warten, falls es bei ihm länger dauert. Boynen ist ja ein sehr guter Schwimmer."

Brummel nickte. „Safira auch. Na, dann hoffen wir mal, dass alles gut geht und dass unser Mädchen auch bei ihm ist."

Safira und Boynen tasteten sich durch einen dunklen Gang, der ihnen endlos erschien.

„Hört das hier vielleicht auch mal auf?", klagte Safira.

„Ich finde es gut", entgegnete Boynen.

„Wie kannst du einen langen, dunklen und noch dazu feuchten Tunnel gut finden? Das verstehe ich nicht", wisperte Safira erstaunt.

„Denk dran, je länger der Gang ist, desto weiter führt er uns von der Scheune und von den Piraten weg. Ich bin mal gespannt, wo er endet."

Ein paar Minuten später erreichten sie schließlich eine Treppe. Boynen stieg als Erster hinauf. Durch eine Tür, die sich nach oben öffnen ließ, kamen sie in einen Keller, in dem Kartoffeln gelagert wurden. Eine weitere Treppe führte ins Erdgeschoss eines Bauernhauses.

„Hoffentlich werden wir nicht entdeckt", flüsterte Safira, als sie im Flur standen.

Boynen schüttelte den Kopf. „Es ist mitten in der Nacht. Ich vermute, dass die Bewohner dieses Hauses schlafen. Aber vor den Piraten müssen wir uns weiterhin in Acht nehmen."

„Da ist die Tür nach draußen. Soll ich sie öffnen?", fragte Safira.

Statt ihr zu antworten, verließ Boynen das Haus zuerst, und Safira folgte ihm.

Draußen war es stockdunkel. Kein Laut war zu hören.

„Jetzt würde ich gerne wissen, wo es zum Hafen geht“, meinte Boynen.

Da ertönte plötzlich eine laute Männerstimme: „Zuerst links, dann rechts, und dann seid ihr direkt am Hafen.“

Im selben Moment trat der Mond hinter einer Wolke hervor und beleuchtete das Gesicht des Mannes, der vor ihnen stand. Es war Rotfuchs.

Er zog ein robustes Schwert und schaute Safira und Boynen grimmig an. „Damit habt ihr wohl nicht gerechnet, was? Aber ich bin eben noch ein bisschen schlauer als ihr! Ich habe mal gehört, dass in dieser Scheune manchmal Schmuggelware gelagert wird. Und dass es einen Geheimgang gibt, der zu diesem Bauernhaus führt. Zwar habe ich diesen Gang selber noch nie entdeckt. Aber was macht das schon, wenn ich euch am anderen Ende erwarten kann? Jetzt seid ihr dran!“

Käpten Sturm zog seinen Degen, obwohl er wusste, dass Rotfuchs ihm mit diesem massiven Schwert überlegen war. „Rotfuchs! Schön, dich zu sehen. Mir fällt gerade ein, dass wir uns noch gar nicht voneinander verabschiedet haben.“

Dass er so gelassen blieb, ärgerte Rotfuchs furchtbar. „Warte nur, bis ich dich zu Haifischfutter verarbeite!“, drohte er wütend.

„Dumme Idee“, konterte Boynen. „Erstens mögen mich die Haifische überhaupt nicht und zweitens brauchst du dein Schwert dazu.“

Rotfuchs schaute ihn verblüfft an. „Wieso, ich habe doch ein Schwert in der Hand!“

Blitzschnell machte Boynen nun einen Ausfallschritt, gefolgt von einer kreisförmigen Bewegung seines Degens. Und es gelang ihm tatsächlich, Rotfuchs das Schwert aus der Hand zu schlagen, sodass es auf den Boden fiel.

„*Hattest!*", verbesserte er ihn. Dabei hielt er die Spitze seines Degens direkt an Rotfuchs' Hals.

Und dieser erkannte sofort, dass sich das Blatt gewendet hatte. Widerwillig streckte er die Hände in die Luft, um sich zu ergeben.

„Geh langsam ein paar Schritte zurück", befahl Boynen. Er hatte nämlich gesehen, dass sie ganz in der Nähe eines Stalls standen. Und er hatte eine bestimmte Vermutung, was sich hinter der geschlossenen Stalltür befinden könnte.

„Gut so", fuhr er fort. „Dreh dich um und öffne diese Tür da. Und dann stell dich mit den Händen hinter dem Kopf davor."

Rotfuchs gehorchte widerwillig. „Und wie geht es jetzt weiter?", fragte er.

Boynen verzog sein Gesicht. „Hier stinkt es gewaltig, findest du nicht?"

„Damit hab ich nichts zu tun", verteidigte sich Rotfuchs schnell.

Boynen rümpfte noch einmal die Nase. „Um auf deine Frage zurückzukommen: Es gibt zwei Möglichkeiten für dich: Entweder du bleibst dort stehen und lässt dich von mir fesseln. Oder …"

„Oder was?"

„Oder du kommst auf die blöde Idee, durch diese geöffnete Tür hindurch abzuhauen."

„Und warum sollte ich so dumm sein, mich von dir fesseln zu lassen?", fragte Rotfuchs ärgerlich.

„Es ist besser für dich. Vertrau mir einfach, sonst …"

Doch sein Gegner hörte ihm schon nicht mehr zu, sondern war bereits in den Stall geflüchtet. Ehe er sich versah, stolperte er allerdings über einen Holzbalken am Boden und stürzte kopfüber in eine Grube. Und diese Grube war bis zum Rand mit einer erbärmlich stinkenden Flüssigkeit gefüllt.

Boynen schüttelte den Kopf. „... sonst fällst du womöglich in die Jauchegrube, die sich direkt hinter der Tür befindet, wollte ich sagen."

Dann wandte er sich mit gespieltem Ernst an Safira. „Du bist mein Zeuge – ich habe ihn gewarnt."

Safira, der es vorhin vor Schreck die Sprache verschlagen hatte, empfand nun Mitleid mit dem Piraten. „Der Arme!"

Laut rief sie zur Tür hinein: „Tut uns leid, Rotfuchs! Nimm zum Saubermachen am besten viel Wasser und Seife."

Boynen nickte. „Ja, nimm am besten gleich eine ganze Flasche *Kölnisch Wasser*! Dieses Parfüm soll bei starkem Gestank echte Wunder bewirken." Er wusste, wovon er sprach. Weil er sich grundsätzlich für neue Erfindungen interessierte, kannte er auch dieses Duftwasser, das 1709 in Köln erfunden worden war.

Bevor Rotfuchs etwas erwidern konnte, schloss Boynen schnell die Stalltür, schob einen schweren Eisenriegel davor und sagte augenzwinkernd: „Der kann sich in seinem Pub so schnell nicht mehr blicken lassen."

Safira kicherte. „Ganz gewiss nicht."

Boynen klopfte ihr leicht auf die Schulter. „Kannst du schwimmen?"

„Wahrscheinlich besser als du! Wieso?"

„Wirst du gleich sehen."

Wenige Minuten später erreichten sie den Hafen.

„Wo ist das Ruderboot?", erkundigte sich Safira.

Käpten Sturm deutete aufs Wasser hinaus. „Genau dort, wo es sein soll. *Ladies first* – Damen zuerst!"

Nach kurzem Zögern sprang Safira ins Wasser, gefolgt von Käpten Sturm. In rekordverdächtiger Zeit schwammen die beiden zum Ruderboot, wo sie von Seebär und Brummel aus dem Wasser gezogen wurden.

Noch in derselben Nacht stach die *Esmeralda* in See. Boynen zog sich sofort in seine Kapitänskajüte zurück und studierte die Seekarten, die er in Kopenhagen glücklicherweise zurückbekommen hatte. Wenig später wusste er, wo der Schwarze Pirat Aurora gefangen hielt.

Er rief seine Mannschaft zusammen und erzählte ihnen, was sie in Wargate erlebt hatten. Danach erklärte er ihnen, wo die Reise hinging:

„Ich weiß jetzt, wie die Insel heißt, auf der sich der Schwarze Pirat versteckt hält. Es ist die Insel Drageøya – auf Deutsch: Dracheninsel – im Nordmeer. Dort gibt es auf einem gigantischen Felsen hoch über dem Meer eine uneinnehmbare Festung.

Das ist die Wohnung des Schwarzen Piraten, und ich bin mir sicher, dass er dort auch Aurora von Waldmünde gefangen hält. Wer von euch ist bereit, mit mir zu dieser Insel zu segeln und Aurora zu befreien?"

Alle Seeleute hoben sofort die Hand und riefen wie aus einem Munde: „Auf zur Dracheninsel!"

17. Wo wohnt der Schwarze Pirat?

Lenny sprang auf und rannte zur Seefahrerkiste, die immer noch in der Küche stand. Er öffnete sie und holte eine alte Karte heraus, die sie bisher noch gar nicht beachtet hatten.

Aufgeregt faltete er sie auseinander und legte sie auf den Tisch. „Vielleicht finden wir auf dieser Karte ja die Dracheninsel!"

Seine Mutter winkte ab. „Macht ihr das mal lieber alleine. Ich muss mich um das Brot im Ofen kümmern."

„Und ich muss mal schnell etwas nachschauen", sagte Papa, während er auf sein Smartphone blickte.

Oma Sarah blieb ebenfalls sitzen. „Ich interessiere mich nicht so sehr für Landkarten. Aber wenn ihr etwas Interessantes gefunden habt, könnt ihr es mir gerne zeigen."

Also beugten sie sich nur zu dritt über die uralte, kunstvoll von Hand gezeichnete Karte. Sie enthielt unzählige feine Linien und merkwürdige Ortsbezeichnungen in altdeutscher Schrift. Deshalb konnten Lenny und Anne nicht viel damit anfangen.

Aber Opa Abraham deutete schließlich mit dem Finger auf einen winzigen Punkt. „Hier ist Wargate!"

„Und wo ist das Nordmeer?", wollte Anne wissen.

Opa Abraham zeigte auf eine Fläche, die zwischen Grönland und Norwegen lag. „Hier befindet sich das Nordmeer. Aber die Dracheninsel ist leider nirgendwo eingezeichnet."

„Doch, sie ist bestimmt da drauf", widersprach Lenny. „Nur heißt sie auf der Karte eben anders."

Opa Abraham verstand, was er meinte. „Stimmt. Der Name *Dracheninsel* ist ja nur die Übersetzung ins Deutsche. Aber ich habe mir nicht gemerkt, wie der eigentliche Name lautete."

Anne holte das Logbuch hervor. „Kommt, wir schauen mal nach."

Sorgfältig blätterte Opa Abraham nun zurück, bis er fündig wurde. „Hier steht es! Die Insel heißt Drageøya – auf Deutsch also *Dracheninsel*."

Wenig später hatten sie die Insel auf der Karte entdeckt.

Opa Abraham lächelte verschmitzt. „Also, wenn mich nicht alles täuscht, dann gehört die Dracheninsel heute zu den Färöer-Inseln. Allerdings hat sie wohl nicht mehr genau denselben Namen wie damals. Ortsnamen können sich im Laufe der Zeit ja ändern, das gibt es öfter."

Anne sprang vor Begeisterung in die Luft. „Super, dann wissen wir jetzt, wo der Schwarze Pirat Aurora gefangen hält."

„Gefangen *hielt!*", verbesserte Lenny.

Kurz darauf saßen wieder alle am Kamin beisammen. Und Opa Abraham las weiter.

18. DRAGEØYA – DIE DRACHENINSEL

Die *Esmeralda* war trotz gutem Wind drei Tage lang auf hoher See unterwegs. Je weiter sie ins Nordmeer vordrang, desto rauer und kälter wurde die See.

Es schien, als würden sie ihr Ziel niemals erreichen.

Doch plötzlich tauchten vor ihnen gigantisch hohe Felsen auf. Und ganz oben auf den Felsen thronte eine schaurig-hässliche Burg, die von kaltem Mondlicht angestrahlt wurde.

Safira stand am Bug und sah die Insel als Erste. „Insel voraus!", rief sie laut.

Sofort eilten alle Besatzungsmitglieder zu ihr und blickten ebenfalls nach vorne. Und alle wussten: Sie hatten Drageøya, die Dracheninsel, erreicht.

Vor ihnen lag die Festung des schrecklichsten Piraten der Welt. Ja, hier wohnte der Schwarze Pirat, der Aurora von Waldmünde gefangen hielt. Der ganzen Mannschaft war klar, dass es jetzt richtig gefährlich wurde.

Safira hatte ein flaues Gefühl in der Magengegend. Wie sollten sie die arme Aurora nur befreien? Die Felsen waren so steil, dass es unmöglich schien, sie zu erklimmen. Und selbst wenn ihnen das gelingen sollte – auf der Insel wimmelte es bestimmt nur so von Piraten.

Unsicher schaute Safira zu Käpten Sturm hinüber.

Doch Boynen, der ebenfalls auf die unheimliche Insel blickte, war ganz und gar nicht verzagt. Im Gegenteil – sein Gesicht strahlte Zuversicht, Mut und Entschlossenheit aus.

Das gab Safira wieder Hoffnung. Ja, wenn Käpten Sturm es für möglich hielt, dass sie Aurora befreien konnten, dann wollte auch sie daran glauben.

Käpten Sturm, Seebär, Brummel und Safira fuhren mit einem Ruderboot zu der Insel hinüber. Sie entdeckten auch tatsächlich einen Strand, an dem sie unbemerkt anlegen konnten.

„Wie lautet dein Plan?", wandte sich Seebär an Boynen, nachdem alle ausgestiegen waren.

„Ganz einfach – wir erkunden die Insel und suchen nach einer Möglichkeit, wie wir ungesehen in die Burg gelangen können. Danach sehen wir weiter", bestimmte er.

Also begannen die vier Abenteurer, die Hügel der Dracheninsel zu erklimmen. Die Festung des Schwarzen Piraten lag etwa in der Mitte der Insel und war von einer hohen Mauer umgeben. Ein breiter Burggraben sorgte außerdem dafür, dass keine ungebetenen Gäste in die Burg spazieren konnten.

Nach einiger Zeit erreichten die vier einen Hügel, von dessen Spitze man zumindest einen guten Blick auf die Burg hatte. Der Graben, der sie von der Festung trennte, war hier sogar etwas schmaler. Aber er schien immer noch unüberwindbar zu sein.

„Diese Stelle müssen wir uns merken!", sagte Boynen. „Von hier aus können wir wenigstens zur Burg hinüberschauen."

In den nächsten zwei Stunden schlichen sie rings um die Piratenfestung, ohne einen Zugang zu finden. Die Zugbrücke war jetzt am Abend selbstverständlich hinaufgezogen.

„Es muss doch möglich sein, in diese blöde Burg hineinzukommen!", schimpfte Seebär ärgerlich, als sie schließlich wieder am Strand angelangt waren.

„Warum verkleiden wir uns nicht einfach als Piraten und marschieren über die Zugbrücke?", schlug Safira vor. „Tagsüber wird sie doch bestimmt unten sein."

„Geht nicht", widersprach Brummel. „Ihr habt doch diese hässliche Tätowierung gesehen, die Rotfuchs am Arm hatte. Nur Piraten mit so einer Tätowierung werden dort reingelassen."

„Das stimmt", bestätigte Käpten Sturm. „Die Zugbrücke scheidet aus. Wir müssen einen anderen Weg finden."

Alle grübelten.

Plötzlich hatte Safira eine Idee. „Wisst ihr noch, wo der Burggraben etwas schmaler war?", fragte sie.

Brummel schaute sie erschöpft an. „Du meinst den Hügel, auf den wir ganz am Anfang geklettert sind?"

„Ja, genau den. Von dort aus könnten wir es schaffen."

Seebär schüttelte verständnislos den Kopf. „Darf ich dich daran erinnern, dass sich dort immer noch ein tiefer Abgrund zwischen Burg und Hügel befindet. Der ist satte fünfundzwanzig Meter breit. Vergiss es einfach!"

Aber Safira blieb hartnäckig. „Doch, es geht ganz bestimmt!"

Bevor Brummel oder Seebär ihr widersprechen konnten, mischte sich Käpten Sturm ein. „Wir sollten uns die Stelle einfach noch einmal anschauen. Sie ist ja nicht weit weg von hier."

„Hast du was dagegen, wenn ich hierbleibe, Käpten?", fragte Seebär. „Es kann doch nicht schaden, eine Wache beim Ruderboot zurückzulassen."

Käpten Sturm grinste in sich hinein. Er wusste natürlich, dass Seebär nur keine Lust hatte, noch einmal auf den Felsen hinaufzuklettern.

Brummel schloss sich seinem Kameraden an: „Ich helfe Seebär beim Aufpassen. Mir tun nämlich die Füße weh. Ist das in Ordnung?"

„Kein Problem", erklärte Käpten Sturm.

Dann machte er sich mit Safira auf den Weg und wenig später standen sie wieder auf dem Hügel.

Inzwischen war es Mitternacht. Die ganze Burg, die sie von hier aus sehr gut sehen konnten, wurde vom Mond hell beleuchtet.

Boynen kniff die Augen zusammen und betrachtete die Festung ganz genau. Dann wandte er sich an Safira. „Was glaubst du? Wo könnten die Piraten Aurora eingesperrt haben?"

Sofort zeigte Safira auf einen runden, hohen Turm am Rand der Burg. Er sah anders aus als die vier Wachtürme, die sich ebenfalls in der Mauer befanden. „Also, ich glaube, dass Aurora dort gefangen gehalten wird."

„Und warum gerade dort?"

„Ich weiß nicht. Ich habe einfach nur so ein Gefühl."

Nun hob Boynen das lange Fernrohr, das er vorsorglich mitgebracht hatte, und schaute sich diesen Turm genauer an. „An den Fenstern sind Gitterstäbe", murmelte er vor sich hin. „Und ein Pirat bewacht den Eingang. Passt! Sieht tatsächlich aus wie ein Gefängnis."

„Darf ich mal das Fernrohr haben?", bat Safira.

„Klar", sagte Boynen und reichte es ihr.

Safira setzte es an und blickte in dieselbe Richtung. „Im obersten Raum des Turms flackert eine Kerze. Moment mal ... Da kommt jemand ans Fenster und schaut heraus!"

Sie hielt kurz inne. „Es ist eine Frau oder ein Mädchen." Im nächsten Moment pfiff Safira durch die Zähne. „Oh! Ist die hübsch! Und wie traurig sie aussieht."

Sie hatte noch nicht ausgeredet, da riss Boynen ihr schon das Fernrohr aus der Hand und nahm das Fenster selbst ins Visier.

Der Mond erhellte das Gesicht der jungen Frau. Mit ihren langen braunen Haaren, den feinen Gesichtszügen und ihren hübschen dunkelbraunen Augen sah sie wie eine verwunschene Prinzessin aus.

Boynen verschlug es bei ihrem Anblick fast den Atem. Wie schön sie war! Sein Herz klopfte wild vor Aufregung.

Jetzt hatten sie endlich Gewissheit. „Wir haben sie gefunden", flüsterte er. „Es ist Aurora – Aurora von Waldmünde."

Kurz darauf wandte sich die junge Frau vom Fenster ab und verschwand. Und dann erlosch im Turmzimmer auch das Flackern der Kerze.

Boynen setzte das Fernrohr ab. Safira merkte, dass er fest entschlossen war, als er sie mit Feuer in den Augen anblickte. „Wir holen Aurora dort raus! Und zwar noch heute Nacht", erklärte er.

Während sie mit dem Boot zurück zum Schiff ruderten, machte Safira Vorschläge, wie sie von dem Hügel aus in die Burg gelangen konnten. „Wir müssen ein Seil über den Abgrund spannen. Und dann können wir ganz elegant hinübergleiten."

Brummel starrte sie entgeistert an. „Und wie sollen wir das machen?"

Safira zuckte mit den Schultern. „Wir werfen einen Enterhaken, an dem ein Seil befestigt ist?"

Doch Seebär schüttelte den Kopf. „Keiner von uns kann einen schweren Enterhaken mit einem daran befestigten Tau über einen fünfundzwanzig Meter breiten Abgrund werfen. Fünfzehn Meter, das würde gerade noch gehen – aber fünfundzwanzig Meter! Nein, das ist einfach zu weit."

Jetzt mischte sich Käpten Sturm ein: „Safiras Idee ist gut. Und ich weiß auch schon, wie wir es schaffen können."

Zwei Stunden später erklommen Käpten Sturm, Seebär, Brummel und Safira erneut den Hügel. Diesmal wurden sie jedoch von vier weiteren Matrosen der *Esmeralda* begleitet. Sie hatten schweres Gepäck dabei: einen Enterhaken, genügend Seile und ... ein Katapult, das von den vier Matrosen getragen wurde.

Oben angekommen setzten sie es ab und richteten es auf die Burg.

Käpten Sturm nahm den Enterhaken, befestigte ein stabiles Seil daran und legte ihn in den Wurf-Korb. Dann bog er den Wurf-Arm des Katapults so weit nach hinten, dass genügend Spannung darauf war.

Mit ungeheurer Wucht schnellte der Wurf-Arm nun nach vorne und katapultierte den Enterhaken in Richtung Burg.

Doch dieser prallte mitsamt dem Seil an die äußere Mauer und fiel in den Abgrund hinunter.

„Du musst den Wurf-Arm stärker spannen und etwa drei Meter höher zielen", riet Brummel, der die Flugbahn des Enterhakens genau beobachtet hatte.

Nachdem Käpten Sturm den am Seil befestigten Haken wieder zurückgezogen hatte, legte er ihn erneut in den Korb. Und diesmal knallte der Enterhaken nicht gegen die Mauer, sondern flog knapp darüber hinweg – genau an die gewünschte Stelle.

Indem Käpten Sturm geschickt am Seil zog, sorgte er dafür, dass es durch einen schmalen Spalt in der Mauer verlief. Da der Enterhaken nicht durch diesen Spalt passte, bohrte er sich in die Steine: Das Seil war gesichert.

Seebär und Brummel strafften das Tau, das nun von einer Seite zur anderen über dem Burggraben hing. Sorgfältig wickelten sie das andere Ende um einen Felsvorsprung.

Nun kam Teil zwei des Plans: Safira band sich ein Seil um die Hüfte und befestigte es mit einer Schlaufe an dem straff gespannten Tau. Das war das Sicherungsseil.

Dazu kam ein weiteres Seil, das später als Zugseil dienen sollte.

Schließlich griff Safira nach dem Balancierstab, den sie ebenfalls mitgebracht hatten. Sie holte tief Luft und trat auf das dicke Tau, das sich über den tiefen Abgrund erstreckte. Leichtfüßig lief sie Richtung Burg.

Doch plötzlich wurde sie von einer starken Windböe erfasst.

Safira schwankte, verlor das Gleichgewicht und fiel vom Seil. Im nächsten Moment zerschellte der Balancierstab an einem Felsen in der Tiefe.

19. Schlüssel gesucht

Mama unterbrach Opa Abraham beim Lesen: „So, jetzt müssen wir schnell nach Bodenwald zum Rathaus."

„Könnt ihr das nicht später machen?", beklagte sich Anne, die es vor Spannung fast nicht aushalten konnte.

Mama schüttelte den Kopf. „Nein, geht nicht. Wir müssen zum Einwohnermeldeamt, um uns dort anzumelden. Und das macht bald zu. Außerdem müssen wir noch einkaufen."

„Aber wir beeilen uns!", versprach Papa. „Oma, möchtest du vielleicht auch mitkommen?"

Oma Sarah nickte zustimmend und holte ihre Handtasche.

Als die drei aufgebrochen waren, sahen Opa Abraham, Lenny und Anne sich an.

„Jetzt wäre doch eine gute Gelegenheit, um nach dem Schlüssel zu suchen", schlug Lenny vor. „Ich möchte unbedingt wissen, was sich hinter dieser geheimen Tür im Keller befindet."

Anne und Opa Abraham waren einverstanden. Und so begann eine lange, aber leider erfolglose Suche nach einem Schlüssel, der in das alte Schloss passte.

Nachdem sie jeden Winkel des Geheimgangs abgesucht hatten – zumindest glaubten sie das –, machte Opa Abraham einen Vorschlag: „Ihr könntet euch noch ein wenig auf dem Dachboden umsehen. Und ich werde inzwischen einen Dietrich konstruieren."

„Was ist denn das?", wollte Anne wissen.

Lenny erklärte es ihr: „Es ist ein Werkzeug, mit dem man Schlösser knacken kann."

„Ja, genau", bestätigte Opa Abraham. „Allerdings braucht man sehr viel Fingerspitzengefühl dafür und muss wissen, wie

so ein Schloss funktioniert. Man kann damit auch keine modernen Haustürschlösser öffnen, sondern nur einfache Buntbartschlösser."

Während Anne und Lenny sich auf dem Dachboden tummelten, stellte Opa Abraham also aus einem dünnen Eisenstab einen Dietrich her.

Als er fertig war, holte er die beiden, und zu dritt gingen sie zu der verschlossenen Tür im Geheimkeller.

Opa Abraham schob den Dietrich ins Schloss und drehte ihn ein wenig. Doch es gelang ihm nicht, die Tür zu öffnen. „Ich glaube, ich muss den Dietrich noch ein wenig bearbeiten", meinte er stirnrunzelnd. „Aber ich bin mir sicher, dass es dann klappen könnte."

Sie machten kehrt, stiegen die Treppe wieder hinauf und schlüpften zurück in Lennys Zimmer.

Plötzlich hörten sie Papas Stimme: „Lenny, Anne! Wo seid ihr?"

Schnell machten sie die Geheimtür hinter sich zu – keine Sekunde zu früh, denn schon öffnete Papa Lennys Zimmertür und schaute die drei erstaunt an. „Ach, hier seid ihr!"

„Warum seid ihr schon zurück?", fragte Opa Abraham verwundert. „Ihr wart gerade mal eine Stunde weg."

„Das Rathaus hat heute zu. Und alles andere konnten wir im Nu erledigen. Habt ihr Lust, das Logbuch weiterzulesen?"

Diesem Vorschlag konnte niemand widerstehen. Und kurz darauf saßen sie wieder alle zusammen und verfolgten gespannt, wie es mit Käpten Sturm weiterging.

20. IN DER BURG DES SCHRECKENS

Safira war vom Seil gefallen und hing hilflos über dem Abgrund.

Zum Glück war sie durch das Sicherungsseil fest mit dem stabilen Tau verbunden, sonst wäre der Sturz noch viel schlimmer gewesen. Und mithilfe des Zugseils konnten Brummel und Seebär sie wieder zurück zum Ausgangspunkt befördern.

Dort angekommen schnappte Safira sich sofort ihren Ersatz-Balancierstab und trat erneut auf das Seil. „Ich versuche es gleich noch einmal", sagte sie mutig.

„Willst du das wirklich tun?", fragte Boynen besorgt.

„Eine andere Chance haben wir nicht", erwiderte Safira, obwohl sie vor Aufregung leicht zitterte.

Erneut balancierte sie über das Seil, diesmal aber nicht ganz so leichtfüßig wie zuvor. Und als sie von einem Windstoß erfasst wurde, begann sie erneut zu schwanken. Es sah so aus, als ob sie gleich wieder abstürzen würde.

Doch diesmal schaffte sie es tatsächlich, das Gleichgewicht wiederzufinden und auf dem Seil stehen zu bleiben.

Vorsichtig setzte sie Fuß vor Fuß und kam nur noch ganz langsam voran.

Aber endlich hatte sie die andere Seite des Abgrunds erreicht. Dort schwang sie sich über die Mauer und spähte rasch nach allen Seiten. War sie entdeckt worden?

Glücklicherweise blieb alles still und nichts rührte sich.

Also winkte Safira den anderen zu. Das war das vereinbarte Zeichen dafür, dass alles gut gegangen war und die Luft rein war.

Jetzt kam der dritte Teil des Plans.

Über dem Abgrund waren nun zwei Seile gespannt: das Seil, über das Safira gelaufen war, und das Zugseil.

An das dicke Tau wurde ein großer Korb gehängt, der als Transportmittel dienen sollte – ungefähr wie eine Gondel. Käpten Sturm setzte sich hinein und schlang sich das andere Ende des Zugseils um den Bauch. Dann gab er Safira ein Zeichen.

Safira zog, so fest sie konnte, doch Käpten Sturm war ziemlich schwer. Sie musste ihre ganze Kraft aufbieten, um ihn sicher über den Abgrund zu befördern.

Bevor Käpten Sturm in den Korb gestiegen war, hatte Seebär noch ein zweites Zugseil daran befestigt. Damit konnte er die Gondel später wieder zurückholen.

„Kommt sonst noch jemand rüber?", fragte Safira, während sie zu den Matrosen auf der anderen Seite hinüberblickte.

„Nein. Je weniger Leute, umso kleiner ist die Gefahr, dass wir entdeckt werden", erwiderte Käpten Sturm. Er wusste ja, dass er sich auf Safira voll und ganz verlassen konnte.

Jetzt kam nämlich der wichtigste Teil des Plans: Auroras Befreiung.

Es war mitten in der Nacht.

Der Pirat Karl Swanson stand vor der Eingangstür zum Kerker-Turm Wache. Sein Dienst als Wachposten machte ihm überhaupt keinen Spaß. Das war so langweilig und eigentlich auch völlig überflüssig, weil ohnehin nie etwas passierte.

Doch plötzlich hörte er eine Stimme. „Hallo, du!"

Ein Mädchen mit rotbraunen Haaren kam um eine Ecke herum und blieb fünf Meter von ihm stehen.

Na, vielleicht würde der Wachdienst in dieser Nacht ja doch nicht so langweilig werden.

„Wer bist du?", fragte Karl das Mädchen.

„Ich bin Safira. Du sollst sofort zum Schwarzen Piraten kommen."

Aber Karl schüttelte den Kopf. „Nein, ich darf meinen Platz nicht verlassen, sonst gibt es Ärger. Was will der Schwarze Pirat denn von mir?"

„Keine Ahnung. Komm einfach mit, dann erfährst du es!"

„Nein, das geht nicht!"

Da stöhnte das Mädchen auf einmal laut auf und sackte in sich zusammen.

Karl Swanson schaute besorgt zu ihr hinüber. Das Mädchen rührte sich ja gar nicht mehr! Was war los mit ihr?

Schnell vergewisserte er sich, dass niemand ihn beobachtete. Dann lief er zu dem Mädchen, um nachzusehen.

Bevor er Safira jedoch erreicht hatte, traf ihn ein kräftiger Fausthieb. Er ging selber zu Boden und blieb regungslos liegen.

Safira sprang wieder auf und schaute Käpten Sturm erschrocken an. „Du hast aber einen harten Schlag, Boynen! Ist der Mann tot?"

Käpten Sturm grinste. „Nein, nur ohnmächtig! Er wird spätestens in einer halben Stunde wieder aufwachen. Und jetzt hilf mir, ihn in einen der Kerker zu sperren."

„Meinst du nicht, das ist gefährlich? Im Kerker-Turm könnte doch noch eine weitere Wache sein."

Käpten Sturm schüttelte den Kopf. „Nach den herumliegenden Bechern und Krügen zu urteilen, hatten die Piraten gestern Abend ein großes Fest. Sie haben bestimmt viel Alkohol getrunken und schlafen jetzt alle tief und fest."

„Aber warum sind sie nur so unvorsichtig?", wollte Safira wissen.

„Weil sie sich sicher fühlen. Sie wohnen ja in einer Burg, in die eigentlich niemand eindringen kann."

„Außer uns!"

„Und wir haben das auch nur geschafft, weil du so eine gute Artistin bist."

Mit vereinten Kräften schleppten Safira und Käpten Sturm den Piraten nun in einen leeren Kerker. Dort fesselten und knebelten sie ihn, bevor sie zu dem Raum hinaufstiegen, in dem sich Aurora befand.

Aurora von Waldmünde lag auf ihrem Bett im Kerker-Turm. Sie konnte wieder einmal nicht schlafen. Das harte Bett wäre ja noch auszuhalten gewesen. Aber sie fühlte sich so schrecklich einsam! Wie sehr wünschte sie sich, wieder bei ihren Eltern zu sein.

Doch auch eine andere Person vermisste sie – einen jungen, gut aussehenden Mann, den sie schon kannte, seit sie beide Kinder gewesen waren: Käpten Wilbert Boynen Sturm. Würde sie ihn jemals wiedersehen?

An diesem Abend hatte sie wieder einmal aus dem Fenster geschaut. Und sie hatte um ein Wunder gebetet.

„Boynen", flüsterte sie. „Warum kannst du nicht kommen und mich retten?"

Aber, ach – es war aussichtslos. Sie saß auf dieser Pirateninsel fest, und niemand würde sie befreien. Damit musste sie sich wohl abfinden.

Kaum hatte sie das gedacht, öffnete sich plötzlich die Tür, und sie hörte eine vertraute Stimme: „Aurora?"

Fassungslos riss sie die Augen auf. Denn sie konnte nicht glauben, wen sie hier vor sich sah: Käpten Wilbert Boynen Sturm.

Und dann hörte sie die Worte, die sie bestimmt hundertmal in ihren Träumen gehört hatte: „Hallo Aurora! Ich bin gekommen, um dich zu befreien."

Aurora war sprachlos vor Glück. Sie stürmte auf Boynen zu und umarmte ihn, bis ihr einfiel, dass sich eine Dame aus gutem Hause eigentlich nicht so benehmen durfte. Es gehörte sich einfach nicht.

Deshalb trat sie wieder zurück, wisperte: „Boynen! Du bist wirklich gekommen!", und fiel vor Aufregung in Ohnmacht.

Safira und Boynen brauchten ein paar Minuten, bis es ihnen gelang, sie wieder auf die Beine zu bekommen.

Und als Aurora die Augen wieder aufmachte, konnte sie kaum glauben, dass das alles nicht nur ein Traum gewesen war.

„Komm!", sagte Boynen mit fester Stimme. „Wir bringen dich hier weg."

Zu dritt verließen sie den Kerker-Turm und schlichen durch die Burg. Dabei hofften sie inständig, dass sie keinem Piraten begegnen würden.

Doch plötzlich sahen sie ihn – den Schwarzen Piraten höchstpersönlich. Er stand auf einem Balkon und schaute genau zu ihnen herunter.

Schnell versteckten sie sich direkt unter dem Balkon.

Aber der Schwarze Pirat hatte sie schon gesehen. Mit fürchterlich klingender Stimme rief er zu ihnen hinab: „Ich habe euch entdeckt! Zeigt euch, sonst werdet ihr hart bestraft!"

Safira und Aurora zitterten vor Angst, sodass Boynen sie beruhigen musste. „Wir bleiben hier“, raunte er ihnen zu. „Ich kann mir nicht vorstellen, dass er uns wirklich erkannt hat.“

Als der Schwarze Pirat merkte, dass sich da unten nichts rührte, fluchte er ärgerlich. Dann wandte er sich an ein paar Piraten, die an einem Tisch Karten spielten: „Los! Geht nach unten und schnappt euch die drei, die sich unter meinem Balkon versteckt haben! Mit denen stimmt irgendetwas nicht.“

Sofort sprangen sechs Piraten auf und stürmten die Treppe hinunter.

Boynen, Safira und Aurora schauten sich entsetzt an. Sie waren in höchster Gefahr. Was sollten sie bloß tun?

21. NICHTS WIE WEG

Safira, Boynen und Aurora saßen unter dem Balkon in der Falle. Gleich würden die Piraten kommen und sie gefangen nehmen. Und wenn sie ihr Versteck verließen, würde der Schwarze Pirat sie sehen.

„Los, wir klettern in dieses kleine Kellerfenster hinein“, schlug Safira vor.

Das war keine schlechte Idee, fanden Boynen und Aurora.

Und als die Piraten die Stelle unter dem Balkon erreichten, hatten sich die drei bereits im Keller versteckt.

„Hier ist niemand. Du musst dich getäuscht haben“, riefen die Piraten ihrem Anführer zu.

„Mich getäuscht? Niemals! Da war jemand. Los! Weckt alle unsere Leute auf! Wir müssen die Burg nach Feinden absuchen. Mir scheint, dass jemand es geschafft hat, in unsere Festung einzudringen.“

Schimpfend drehte der Schwarze Pirat sich um und lief in die Waffenkammer, um eine Pistole und einen Säbel zu holen.

Boynen wusste, dass sie nicht mehr viel Zeit hatten. „Wir müssen sofort hier weg!“, raunte er den anderen zu.

Also verließen sie den Keller und rannten, so schnell sie konnten, zu der Stelle, an der das Seil über den Abgrund gespannt war. Zum Glück wurden sie unterwegs von niemandem gesehen, weil die Piraten damit beschäftigt waren, ihre noch schlafenden Gesellen aufzuwecken.

Boynen half Aurora in den Korb und gab Seebär und Brummel auf der anderen Seite ein Zeichen.

Sofort zogen sie Aurora über den Burggraben zu sich herüber.

„Jetzt bist du dran", sagte Boynen zu Safira, als der Korb wieder auf ihrer Seite war.

Die schüttelte den Kopf. „Nein, Boynen! Setz du dich in den Korb!"

Er wollte widersprechen, doch Safira flüsterte ihm zu: „Vertrau mir!"

Also stieg Boynen in den Korb und wurde eilig hinüberbefördert.

Da ertönte von hinten plötzlich lautes Gebrüll. Die Piraten kamen. Safira wusste, dass sie jetzt keine Zeit mehr hatte, auf den Korb zu warten.

Deshalb tat sie etwas sehr Riskantes: Sie schnappte sich den Balancierstab, trat ohne ein Sicherungsseil auf das straff gespannte Tau und lief los.

Dabei richtete sie ihren Blick ganz fest auf das Ziel. Sie wusste, dass sie auf keinen Fall nach unten schauen durfte. Denn wenn sie das machte, würde sie bestimmt das Gleichgewicht verlieren und hinunterfallen.

Käpten Sturm war inzwischen aus dem Korb gestiegen und schaute zu Safira hinüber. Ihm standen die Nackenhaare zu Berge, als er beobachtete, wie sie ohne jede Sicherung über das Seil lief – unter sich den tiefen Abgrund.

Und dann sah er zur Burg hinüber und merkte, dass soeben mehrere Piraten die Mauer erreichten, an der das Seil befestigt war.

Zu seinem Entsetzen zückte einer der Piraten ein Messer und hatte ganz offensichtlich vor, das straff gespannte Tau durchzuschneiden.

Safira war noch ein paar Meter vom rettenden Felsen entfernt.

In diesem Augenblick kappte der Pirat tatsächlich das Seil.

Safira verlor sofort den Halt unter den Füßen. Geistesgegenwärtig packte sie jedoch das unter ihr schwindende Seil und umklammerte es mit beiden Händen.

Etwas unsanft prallte sie gegen den Felsen, von dem sie ganz am Anfang gestartet war. Dann wurde sie von Seebär und Brummel nach oben gezogen.

„Wir haben es geschafft!", triumphierte sie erschöpft, aber glücklich.

Von der anderen Seite des Abgrunds riefen die Piraten wilde Drohungen zu ihnen herüber. Einige von ihnen legten ihre Gewehre an und schossen – glücklicherweise, ohne zu treffen.

„Wir müssen sofort von hier verschwinden!", befahl Käpten Sturm seinen Leuten.

Sie ließen das Katapult und alle anderen Sachen einfach stehen und rannten in hohem Tempo den Hügel hinunter. Dann sprangen sie ins Ruderboot und setzten sofort zur *Esmeralda* über. Das Boot wurde an Deck gezogen, die Segel wurden gesetzt.

Und fort ging es von der Insel des Schreckens, der Dracheninsel.

Der Schwarze Pirat schaute von seiner Burg aus mit dem Fernrohr aufs Meer und sah, wie die *Esmeralda* Richtung Süden davonsegelte.

Wutschnaubend befahl er seinen Piraten: „Los, macht die Schiffe klar! Wir segeln ihnen hinterher. Und sobald wir sie eingeholt haben, versenken wir ihr Schiff. Die werden es noch bereuen, sich mit mir angelegt zu haben! Wehe dem, der es wagt, meine Insel zu betreten!"

Er wandte sich wieder dem Meer und der immer kleiner werdenden *Esmeralda* zu. Dabei ballte er die Faust und rief drohend: „Zieht euch warm an! Denn ihr werdet den Zorn des Schwarzen Piraten zu spüren bekommen!"

Die *Esmeralda* war bereits einen Tag unterwegs. Links von ihnen lag die Küste Norwegens mit ihren hohen Bergen und den zahlreichen Fjorden.

„Warum nennt man diese Buchten eigentlich Fjorde?", wollte Safira wissen.

Aurora hatte eine Erklärung für sie: „Fjorde sind ganz besondere Buchten. Sie gehen vom Meer aus sehr weit ins Land hinein, manchmal sogar über hundert Kilometer. Und drum herum sind hohe Berge."

Safira war beeindruckt. „Woher weißt du das alles?"

Aurora blickte zu Käpten Sturm hinüber. „Ich glaube, ich hatte einen guten Lehrer, der mir das alles mal erklärt hat, als wir noch zusammen in der Schule waren. Nicht wahr, Boynen?"

„Meinst du etwa unseren Lehrer, den Herrn Schuster?", erwiderte Boynen irritiert. „Der war doch eine Niete in Geografie."

„Nein, ich meine dich, Boynen. Wenn ich etwas nicht begriffen habe, brauchte ich nur dich zu fragen. Du konntest alles so prima erläutern, dass es mir sofort klar wurde."

Boynen grinste. „Ja, ich habe mich schon damals sehr für Geografie interessiert. Und du warst eine gute Zuhörerin."

Wenig später saß Safira wieder auf einem Ausguck ganz oben in der Takelage des Schiffes. Sie betrachtete die Küste von Norwegen und hielt gleichzeitig Ausschau nach fremden Schiffen. Denn Käpten Sturm befürchtete, dass der Schwarze Pirat ihnen folgen würde.

Bisher war jedoch nirgendwo am Horizont etwas Verdächtiges zu sehen. Deshalb schloss Safira die Augen und genoss den Wind, der ihr ins Gesicht blies.

Als sie die Augen nach ein paar Minuten wieder öffnete, entdeckte sie ein Floß, das ein Stück weiter vorne im Wasser trieb. Sie setzte das Fernrohr an und musterte es.

Auf dem Floß saß nur ein einziger Mann, der wild mit den Armen fuchtelte. Irgendwie kam er ihr bekannt vor, aber sie konnte sein Gesicht nicht genau erkennen.

Safira setzte das Fernrohr ab und rief, so laut sie konnte, zum Schiffsdeck hinab: „Schiffbrüchiger voraus!"

Eilig kam Käpten Sturm mit Aurora, Seebär und Brummel aus der Kapitänskajüte. Er nahm sein eigenes Fernrohr in die Hand und schaute sich das Floß ebenfalls genau an. Dann gab er seiner Mannschaft den Befehl, näher heranzusegeln.

Als sie nur noch fünfzig Meter vom Floß entfernt waren, begriff Käpten Sturm, wer der Schiffbrüchige war: Es war Rotfuchs, der Pirat aus Wargate.

22. EIN SCHIFFBRÜCHIGER

Käpten Sturm gab einen neuen Befehl: „Abdrehen! Es ist Rotfuchs! Mit dem will ich nichts mehr zu tun haben."

Als Safira das hörte, verließ sie den Ausguck und schwang sich in Windeseile zurück aufs Deck. „Aber wenn wir ihn nicht retten, dann muss er sterben!", hielt sie Käpten Sturm vor.

„Wie schaffst du es nur, so schnell von ganz oben herunterzukommen?", sagte er bewundernd. „Du bist die beste Artistin, die ich je gesehen habe, Safira."

„Du willst nur ablenken, Boynen. Aber das funktioniert bei mir nicht. Wir müssen Rotfuchs unbedingt retten!"

Käpten Sturm runzelte die Stirn. „Hast du vergessen, was in Wargate passiert ist, Safira? Rotfuchs ist unser Feind. Wir können ihn unmöglich an Bord nehmen."

Aurora nickte. „Ja, es ist gefährlich, sich mit einem Piraten zusammenzutun."

Safira blieb hartnäckig. „Aber begreift ihr das denn nicht? Rotfuchs ist doch ganz alleine auf hoher See. Er ist in Seenot und wird verdursten, wenn wir ihm nicht helfen."

„Daran ist er bestimmt selber schuld", erklärte Seebär energisch.

„Ich habe aber mal gehört, dass man auch seinen Feinden helfen soll."

„Ja, das habe ich auch mal gehört. Steht in der Bibel", bestätigte Boynen zögernd. Er wandte sich an Aurora: „Vielleicht kannst du uns dazu etwas sagen. Du kennst dich ja mit der Bibel sehr gut aus."

Aurora holte Luft. „Jesus hat mal gesagt, dass wir nicht nur nette Menschen, sondern sogar unsere Feinde lieben sollen. Wir sollen denen, die uns hassen, Gutes tun. Wenn jemand Hunger oder Durst hat, sollen wir ihm geben, was er braucht."

Dann seufzte sie, weil sie daran dachte, wie schlimm es auf der Dracheninsel gewesen war. „Aber ich weiß nicht, ob das auch für Piraten gilt. Die machen mir nämlich Angst."

Safira sah ihre Freunde entschlossen an. „Wenn wir ihm nicht helfen, wer hilft ihm dann?"

Da klopfte Boynen ihr auf die Schulter. „Na gut. Wir machen es so: Wir fahren näher heran und fragen ihn, warum er alleine auf einem Floß im Meer treibt. Und dann entscheide ich als Kapitän dieses Schiffes, ob wir ihm helfen oder nicht."

„Einverstanden!", sagten Safira, Aurora, Seebär und Brummel einstimmig.

Es dauerte nicht lange, bis sie noch näher an das Floß herangesegelt waren.

Als Rotfuchs die Besatzung der *Esmeralda* erkannte, fluchte er laut und begann zu jammern: „Womit habe ich das verdient? Warum treffe ich ausgerechnet diejenigen, die mir das alles eingebrockt haben?"

Käpten Sturm musste schmunzeln und rief zu ihm hinüber: „Rotfuchs! Was machst du denn ganz alleine auf hoher See?"

Gequält erwiderte dieser: „Wollt ihr mich in meinem Unglück jetzt auch noch verspotten? Ich ... ich wurde von meinen Leuten ausgesetzt!"

„Was? Du meinst, deine Kameraden haben dich einfach aus ihrem Schiff rausgeschmissen? Warum haben sie das nur getan?", fragte Safira verblüfft.

„Weil ich nach Jauche stinke! Darum! Sie haben mir erklärt, dass das nicht zum Aushalten sei und dass ich jetzt nicht mehr zu ihnen gehöre."

Käpten Sturm bekam Mitleid. Was sie hier vor sich hatten, war nicht mehr der stolze Pirat, der sie in Wargate verfolgt hatte, sondern nur noch ein Häufchen Elend. Rotfuchs war offenbar völlig durchgefroren, und er saß ohne Wasser und Essen auf einem Floß mitten im rauen Meer.

Trotzdem rang Käpten Sturm noch mit sich. War das Risiko nicht zu groß? Was war, wenn Rotfuchs sich später wieder gegen sie wandte?

Safira legte ihre Hand auf seinen Arm und schaute ihn mit flehendem Blick an.

Auch Aurora hatte inzwischen Mitleid mit dem Schiffbrüchigen. „Ich fürchte mich zwar grundsätzlich vor Piraten. Aber ich denke, wir sollten ihm helfen."

Da traf Käpten Sturm seine Entscheidung: „Wir nehmen dich an Bord, Rotfuchs."

Als Rotfuchs das Schiff betrat, strömte er einen durchdringenden Geruch nach Schweinejauche aus. Aber niemanden auf der *Esmeralda* störte das. Zumindest zeigte es keiner. Sie gaben ihm etwas zu essen und zu trinken und eine warme Decke zum Aufwärmen.

Rotfuchs nahm die guten Gaben entgegen, aber es fiel ihm sichtlich schwer, sich bei seinen Rettern zu bedanken. Es war ihm peinlich, dass er sich ausgerechnet von Käpten Sturm helfen lassen musste.

Nach einer Weile taute er jedoch auf und fing an zu erzählen: „Als ich in Wargate zu meinen Leuten zurückgekommen bin, haben die mich ausgelacht und verspottet. Und sie haben mir einen ganz üblen Spitznamen gegeben."

„Was für einen?", fragte Safira neugierig.

„Schweinchen Rot haben sie mich genannt, die gemeinen Kerle!"

Boynen, Seebär und Brummel mussten sich ein Lachen verkneifen. Aber sie beherrschten sich, um nicht genauso böse zu sein wie die Piraten. Sie wollten jemanden, der von anderen gehänselt wurde, nicht auslachen.

Rotfuchs erzählte weiter: „Dann sind wir auf unser Schiff gegangen, um zurück zur Dracheninsel zu segeln. Aber weil meine Kameraden den Gestank nicht mehr ertragen wollten, haben sie mich auf hoher See ausgesetzt. Seit Tagen treibe ich jetzt schon auf diesem Floß umher. Und wenn ihr mich nicht gerettet hättet, wäre ich sicher gestorben. Warum habt ihr das eigentlich getan?"

Käpten Sturm zuckte mit den Achseln. „Na ja, jeder von uns braucht mal Hilfe. Außerdem haben sich Aurora und Safira sehr für dich eingesetzt. Du kannst dich bei ihnen bedanken."

„Tut mir echt leid, dass du in die Jauchegrube gefallen bist. Das war wirklich Pech", kicherte Safira.

Rotfuchs grinste sie ein wenig beschämt an. „Na, vielleicht war das ja genau das, was ich verdient hatte. Und womöglich ist es gar nicht schlecht, dass mir das alles passiert ist. Vielleicht bekomme ich jetzt die Chance, ein anderer Mensch zu werden."

„Bist du denn nicht gerne ein Pirat?", fragte Aurora verwundert.

Rotfuchs schüttelte den Kopf. „Ganz und gar nicht. Wisst ihr, ich bin als junger Bursche mal vom Schwarzen Piraten aufgelesen worden. Er hat mich dazu gezwungen, für ihn zu arbeiten. Manchmal war ich sogar stolz darauf, zum berühmtesten Piraten der Welt zu gehören. Aber tief innen wusste ich genau, dass das, was ich tat, nicht richtig war.

Glaubt mir, die meisten Piraten sind nur deshalb Piraten, weil sie denken, dass sie keine andere Möglichkeit haben. Aber ich wäre viel lieber ein anständiger Seemann, das versichere ich euch."

Käpten Sturm schaute ihn freundlich an. „Na, das hört sich doch sehr gut an. Und jetzt gehst du erst einmal in meine Badewanne und wäschst dir mit viel Wasser, Seife und einer Bürste den Dreck ab."

Er holte eine Flasche aus seiner Tasche und gab sie Rotfuchs. „Anschließend reibst du dich mit diesem Duftwasser ab. Glaub mir, es wirkt wahre Wunder. Danach wirst du ganz gewiss nicht mehr nach Jauche riechen."

Dankbar nahm Rotfuchs die Flasche entgegen. „Das ist wirklich nett von euch", murmelte er.

„Gern geschehen", erwiderten alle wie aus einem Munde.

„Und wir hoffen, dass du ab heute ein ehrenwertes Mitglied unserer Mannschaft bist", grinste Brummel.

Ein paar Stunden später dämmerte es bereits. Safira saß wieder ganz oben in der Takelage auf ihrem Aussichtsposten. Es herrschte Windstille, die Segel hingen schlaff herunter. Deshalb kam die Esmeralda nicht weiter voran.

Safira machte sich Sorgen. Je länger sie hier festsaßen, umso größer war die Gefahr, von den Schiffen des Schwarzen Piraten eingeholt zu werden.

Zwar hatte Käpten Sturm zu ihr gesagt: „Zerbrich dir darüber nicht den Kopf, Safira. Nicht nur uns fehlt der Wind, sondern auch unseren Verfolgern."

Aber Safira war trotzdem besorgt. Mit einem ganz schlechten Gefühl in der Magengegend schaute sie aufs Meer hinaus. Sie spähte nach vorne und anschließend auch nach hinten. Und plötzlich tauchten am Horizont vier winzige Punkte auf, die immer größer wurden.

Safira nahm ihr Fernrohr zur Hand und stutzte. Es handelte sich zweifellos um vier Schiffe, die schnell näher kamen, obwohl es überhaupt keinen Wind gab. Wie war das nur möglich?

Dann fiel es ihr wie Schuppen von den Augen: Die Schiffe mussten Ruder haben. Deshalb waren sie nicht auf den Wind angewiesen. So musste es sein.

Laut rief Safira zum Deck hinunter: „Vier Schiffe in Sicht! Es sind Ruderschiffe! Sie kommen schnell näher."

Sofort eilten alle Matrosen an Deck. Und unter ihnen war auch Aurora, die sich ganz dicht neben Käpten Sturm stellte und ihn ängstlich anschaute. War sie von ihm etwa nur dafür befreit worden, dass sie wenig später erneut vom Schwarzen Piraten gefangen genommen wurde? Nein – das durfte einfach nicht sein!

Als Käpten Sturm durchs Fernrohr schaute, stockte ihm der Atem. „Die Schiffe führen die Flagge des Schwarzen Piraten", erklärte er. „Wie Safira richtig erkannt hat, sind es Schiffe mit vielen Rudern. Und weil wir keinen Wind haben, werden sie uns in etwa einer Stunde eingeholt haben. Wenn nicht ein Wunder geschieht, sind wir verloren!"

Heutige Zeit

So, jetzt müssen wir uns aber mal um das Essen kümmern", sagte Mama. „Den Rest der Geschichte werden wir nach dem Abendessen lesen."

„Was gibt es denn?", fragte Anne neugierig.

Oma Sarah lächelte. „Es gibt Lauch-Auflauf. Den mögt ihr doch so sehr. Eure Mutter und ich haben ihn vorhin schon zubereitet und in den Backofen gestellt."

Lenny und Anne schauten sich zufrieden an.

„Habt ihr beiden Lust, mit mir noch kurz in die Werkstatt zu gehen?", fragte Opa Abraham.

Lennys und Annes Augen weiteten sich, denn sie ahnten bereits, was er vorhatte. „Klar!"

Wenig später hielt Opa Abraham den Dietrich in die Luft, den er noch ein wenig mit einem Hammer bearbeitet hatte. „So, jetzt müsste er aber funktionieren. Wollen wir ihn gleich mal ausprobieren?"

Doch bevor Anne und Lenny etwas sagen konnten, hörten sie ihre Mutter laut rufen: „Abendessen! Der Auflauf steht schon auf dem Tisch. Kommt bitte!"

Opa Abraham grinste breit. „Na, dann muss dieser Test eben warten."

Nach dem Essen, das wirklich lecker gewesen war, setzten sich wieder alle an den Kamin. Opa Abraham räusperte sich, griff nach dem Logbuch und schlug es auf.

23. DIE PIRATENFLOTTE

Die Piratenschiffe kamen unaufhaltsam näher. Es wurde immer dunkler und jetzt kam auch noch dichter Nebel auf.

Käpten Sturm hatte den Anker ausgeworfen, weil die *Esmeralda* durch die Strömung im Meer gefährlich nahe an die Küste herangetrieben wurde. Die Gefahr bestand, dass das Schiff an den scharfen Klippen zerschellen würde.

Da trat Rotfuchs, der mittlerweile sehr angenehm duftete, neben Käpten Sturm. „Ihr habt mir geholfen, als ich in Not war. Deshalb möchte ich euch jetzt auch helfen."

„Und wie willst du das anstellen?", erkundigte sich Käpten Sturm.

„Ich kenne mich hier in diesen Gewässern gut aus. Wenn du genau das tust, was ich dir sage, haben wir eine Chance."

„Na gut. Was sollen wir tun?"

Rotfuchs zeigte aufs Wasser. „Als Erstes müssen wir den Anker wieder einholen."

Käpten Sturm runzelte die Stirn. „Aber dann treiben wir doch direkt auf die Küste zu und zerschellen an den Klippen."

„Vertrau mir einfach!", bat Rotfuchs. „Wie gesagt, ich kenne mich an dieser Küste gut aus."

Also gab Käpten Sturm den entsprechenden Befehl und Brummel zog den Anker hoch.

Gleich darauf wurden sie tatsächlich Richtung Küste getrieben, wie Käpten Sturm vorhergesagt hatte. Mit Sorge schaute er auf die herannahenden scharfen Felsen.

Nach kurzer Zeit waren die Klippen der Küste direkt vor ihnen. Aber Rotfuchs hatte inzwischen das Steuerrad des Schiffes übernommen.

Und er steuerte die *Esmeralda* geschickt zwischen den scharfen Klippen hindurch in einen Fjord hinein.

„Anker werfen!", rief er dann.

Sofort ließ Brummel den Anker zu Wasser, sodass das Schiff stoppte.

„Jetzt müssen wir abwarten", sagte Rotfuchs leise.

Dichter Nebel und Dunkelheit umschlossen die in einem Fjord vor Anker liegende *Esmeralda*. Eine unheimliche Stille herrschte. Keiner sprach ein Wort, da alle angestrengt lauschten.

Plötzlich krachte der Schuss einer Kanone durch die Nacht. Dann war eine laute Stimme zu hören, die in barschem Ton Befehle gab.

Aurora zitterte vor Angst und wisperte: „Das ist die Stimme vom Schwarzen Piraten! Ich erkenne sie wieder!"

Rotfuchs nickte. „Ja, der Schwarze Pirat muss mit seinem Schiff ganz in der Nähe sein. Jetzt wird es gefährlich. Wir müssen mucksmäuschenstill sein, sonst findet er uns hier und dann sind wir dran."

Ein banges Warten begann. Safiras Herz klopfte so laut, dass sie befürchtete, der Schwarze Pirat könne es schon von Weitem hören.

Nach einer langen Zeit, die allen wie eine Ewigkeit vorkam, hörten sie erneut die Stimme des Schwarzen Piraten: „Also, diese Kanone funktioniert schon mal, das haben wir jetzt ausprobiert. Aber hier in der Nähe sind diese Halunken offenbar nicht. Wir müssen weiterrudern und woanders nach ihnen suchen!"

Ruder plätscherten, während das Schiff abdrehte und wieder aufs offene Meer hinausfuhr.

Auf der *Esmeralda* sprach niemand ein Wort. Keiner konnte so recht glauben, dass die Piraten wirklich verschwunden waren.

Nach einer halben Stunde verzog sich der Nebel ein wenig. Die Sicht auf das dunkel und geheimnisvoll vor ihnen liegende Meer wurde frei.

Alle schauten gespannt auf die Wasseroberfläche. Doch weit und breit war kein einziges Piratenschiff zu entdecken.

„Geschafft!", jubelte Seebär. „Sie sind tatsächlich fort."

Käpten Sturm nickte erleichtert. „Ja, wir sind gerettet."

Eine Woche später erreichte die *Esmeralda* den Heimathafen in der Nähe von Bodenwald.

War das ein Wiedersehen! Als der Fürst von Waldmünde und seine Gemahlin endlich ihre geliebte Tochter in die Arme schließen konnten, weinten sie vor Glück. Sie konnten es kaum fassen, dass es Käpten Sturm und seiner Mannschaft wirklich gelungen war, Aurora aus den Fängen des schrecklichsten Piraten der Welt zu befreien. Wie gut, dass Aurora nun wieder wohlbehalten zu Hause angelangt war!

Viele Menschen kamen zum Hafen und jubelten Käpten Sturm und seiner Mannschaft begeistert zu: „Die Mannschaft der *Esmeralda* lebe hoch! Käpten Sturm lebe hoch!"

Spät an jenem Abend saßen Käpten Sturm, Seebär und Brummel zufrieden am Kamin des Schmugglerhauses. Sie dachten darüber nach, was sie auf ihrer abenteuerlichen Reise alles erlebt hatten.

Safira hing wieder kopfüber an einem Seil von der Decke herab und schaute sich die wertvolle Kette an, die sie in Kopenhagen zurückbekommen hatte. Ob sie ihre Eltern wohl jemals wiedersehen würde?

Sie wusste es nicht. Aber sie war sich ganz sicher, dass sie mit Käpten Sturm und den anderen zusammen noch viele weitere spannende Abenteuer erleben würde.

FINE

Epilog: Wo ist das nächste Logbuch?

Opa Abraham setzte das Logbuch ab. „Und damit ist die Geschichte von Käpten Sturm zu Ende."

„Schade", sagte Anne traurig. „Ich würde gerne mehr von ihm hören."

Alle nickten, während Mama seufzte: „Vor allem würde mich interessieren, was aus Aurora geworden ist."

„Wie meinst du das?", wollte Lenny wissen.

„Na, das ist doch eigentlich klar!", kam Anne ihrer Mutter zuvor.

Lenny runzelte die Stirn. „Und was?"

Anne kicherte. „Aurora und Boynen sind ineinander verliebt, das war doch ganz eindeutig!"

Mama nickte. „Ja, ich würde wirklich gerne wissen, was aus den beiden geworden ist. Aber ich fürchte, dass wir das niemals erfahren werden. Oder hat jemand von euch etwa auf dem Dachboden noch eine weitere Seefahrerkiste mit einem Logbuch gefunden?"

Alle schüttelten den Kopf.

Da stand Papa entschlossen auf. „Und jetzt zum Fahrplan, wie es mit euch heute Abend weitergeht: Also, spätestens in einer Stunde seid ihr im Bett, dass das schon mal klar ist! Was ihr bis dahin macht, ist mir eigentlich egal."

Opa Abraham zwinkerte seinen Enkelkindern wieder einmal verschwörerisch zu.

Sofort sprangen sie auf und folgten ihm in Lennys Zimmer.

„Ihr habt es doch auch gehört, dass Käpten Sturm in seinem Logbuch von weiteren Abenteuern gesprochen hat, nicht wahr?", sagte er.

Anne schaute ihren Opa mit weit geöffneten Augen an. „Meinst du etwa, dass wir hier irgendwo im Haus noch weitere Logbücher finden werden?“

„Genau das meine ich, Anne. Und mein Gefühl sagt mir, dass wir zuallererst in diesem geheimnisvollen Keller danach suchen sollten.“

Wenig später betraten sie den Geheimgang. Sie stiegen die Wendeltreppe hinab und standen kurz darauf wieder vor der verschlossenen Kellertür.

Opa Abraham kramte den von ihm bearbeiteten Dietrich heraus, schob ihn ins Schlüsselloch und versuchte, damit das Schloss zu öffnen. Nach mehreren erfolglosen Versuchen gelang es ihm endlich.

Mit einem lauten Knarren ließ sich die schwere Tür aufschieben. Ein wenig Staub vergangener Zeiten trat aus der Türöffnung und stieg ihnen in die Nase, sodass Anne heftig niesen musste.

Opa Abraham nahm seine Taschenlampe in die Hand.

Dann betraten sie gemeinsam einen neuen Geheimgang ...

SAMMLE ALLE ABENTEUER VON KÄPTEN STURM!

Lenny und Anne leben mit ihren Eltern in einem alten Schmugglerhaus. Beim Erforschen der unzähligen Verstecke und Geheimgänge des Hauses finden sie nach und nach immer mehr Logbücher von Käpten Sturm. Lenny und Anne werden in den Bann seiner Abenteuer gezogen, als sie zu lesen beginnen – von Schätzen und Piraten, fernen Ländern und Rettung in letzter Sekunde ...

BAND 2 hab ich

Die Suche nach der Wunderblume
ISBN 978-3-417-28921-3
Bestell-Nr. 228.921

BAND 3 hab ich

Der Schatz der Nebelberge
ISBN 978-3-417-28948-0
Bestell-Nr. 228.948

BAND 4 hab ich

Jagd auf den goldenen Puma
ISBN 978-3-417-28982-4
Bestell-Nr. 228.982

BAND 5 hab ich

Das Geheimnis des grünen Diamanten
ISBN 978-3-417-28085-2
Bestell-Nr. 228.085

Daniel Kowalsky
Käpten Sturm
jeweils gebunden, 176 S.

SCM

BEN & LASSE

sind echt klasse!

Kennst du schon Ben und Lasse, die beiden Brüder,
die spannende Agenten-Abenteuer erleben?
Ihre Geschichten stammen auch aus der Feder von Harry Voß!

Ben & Lasse – Agenten mit zu großer Klappe
ISBN 978-3-95568-183-8 (Bibellesebund) · ISBN 978-3-417-28763-9 (SCM Verlag)

Ben & Lasse – Agenten ohne heiße Spur
ISBN 978-3-95568-220-0 (Bibellesebund) · ISBN 978-3-417-28774-5 (SCM Verlag)

Ben & Lasse – Agenten außer Rand und Band
ISBN 978-3-95568-246-0 (Bibellesebund) · ISBN 978-3-417-28787-5 (SCM Verlag)

Ben & Lasse – Agenten hinter Schloss und Riegel
ISBN 978-3-95568-260-6 (Bibellesebund) · ISBN 978-3-417-28814-8 (SCM Verlag)

Ben & Lasse – Agenten als Piratenbeute
ISBN 978-3-95568-287-3 (Bibellesebund) · ISBN 978-3-417-28854-5 (SCM Verlag)

Ben & Lasse – Agenten sitzen in der Falle
ISBN 978-3-95568-362-7 (Bibellesebund) · ISBN 978-3-417-28933-6 (SCM Verlag)